国韵故事汇

岳母训子

宋朝故事十四则

上海图书馆 编

生活·讀書·新知 三联书店

图书在版编目(CIP)数据

岳母训子:宋朝故事十四则/上海图书馆编.
—北京:生活·读书·新知三联书店,2017.12
(国韵故事汇)
ISBN 978 – 7 – 108 – 06150 – 8

Ⅰ.①岳…　Ⅱ.①上…　Ⅲ.①历史故事 – 作品集 – 中
国　Ⅳ.①I247.81

中国版本图书馆 CIP 数据核字(2017)第 279300 号

责任编辑　成　华
封面设计　刘　俊
责任印刷　黄雪明
出版发行　生活·讀書·新知　三联书店
　　　　　(北京市东城区美术馆东街 22 号)
邮　　编　100010
印　　刷　常熟文化印刷有限公司
版　　次　2017 年 12 月第 1 版
　　　　　2017 年 12 月第 1 次印刷
开　　本　650 毫米×900 毫米　1/16　印张　12.5
字　　数　110 千字
定　　价　29.00 元

编者的话

本丛书原为上海图书馆所藏、于 20 世纪上半叶由大众书局刊行的"故事一百种",其内容多选自《东周列国志》《三国演义》《水浒传》《隋唐演义》《说岳全传》《英烈传》等经典作品,并结合民国时期的语言、见解、习俗进行了不同程度的改写,既通俗易懂、妙趣横生,又留有一番古典韵味,是中华传统文化及语言的珍贵遗存。

初时,各则故事独成一册,畅销非常,重印达十数版之多。因各册页数较少,不易保存,今多已散佚,全国范围内,仅上海图书馆藏有较多品种。现将故事根据所述朝代重新整理分册,将竖排繁体转为横排简体,并修正了其中的漏字、错字、异体字,根据现代汉语语言规范对标点符号进行了统一处理。

为还原特定时代的故事面貌与语言韵味,编者仅就明显的语言错误做出修正,在保证文从字顺的基础上,尽可能遵照原文。书中所述历史人物与事件,或有与史实相出入处,也视为虚构文学作品予以保留,并未擅自修改。此外,还保留了原书中的全部插图,以飨读者。

目录

呼延赞为父报仇

话说，北汉王刘钧，闻知赵匡胤平定诸镇，对群臣道："宋帝既平诸国，哪肯由孤独霸一方？"谏议大夫呼延廷奏道："臣闻宋君英武之主，诸国尽已归降；今陛下一隅之地，哪能相抗，不如修表进贡，方保无虞。"刘钧犹豫未决。忽枢密副使欧阳昉奏道："呼延廷与宋朝通谋，故使陛下投降；晋阳形胜险要，无事可守，有警可战，何必轻事他人呢？请即斩呼延廷之头，以正国法。"钧允其奏，令押出呼延廷斩首。国舅赵遂奏道："呼延廷说的，原是忠言，主公如果斩了他，宋君闻知，征讨有名了！不如将他罢归乡里。"于是刘钧下令削廷官职，罢归乡里。呼延廷谢恩退出，即日收拾行装，带领家小直回绛州。不料奸臣欧阳昉还不满意，立刻唤过亲随张青、李得道："你二人速引健军数百人，密追呼延廷，将他们老幼杀尽，回来吾重重赏你。"张、李领诺而去。

却说呼延廷，一晚到了石山驿，歇下鞍马。将近二更，忽听驿外喊声大震，人报有劫贼到来。呼延廷大惊，

令家人速走，张青、李得领众拥入驿中，将呼延延老幼尽皆杀了。从人各自逃生。只有姜刘氏，抱着幼孩，走入厕所，保得性命。到了四更，刘氏母子无依，放声大哭。忽有一人在后，口叫"小娘子！何故号哭？你是谁家女子？独自到此。"刘氏哭道："妾乃本国谏议大夫呼延延偏室，归乡至此，被强人劫掠，一家尽死，只留我同乳子，逃在此间。"那人听罢长叹道："我姓吴名庄，方才杀你家主的人，却是欧阳昉的亲随假扮强人到此，你须速走，不然，二命难保了。"说罢自去。刘氏正慌间，忽驿外喊声又起，一伙强人拥入，把刘氏捉住。盗首马忠道："你是何处女子，抱着孩儿在此？"刘氏将一家被害之故，备述一番。马忠道："适夜巡人来报，驿中有官宦被劫，我等来分夺金宝，原来有此苦事。现在你可随我回庄，抚养孩儿长成，我与你报仇。"刘氏道："妾有莫大之冤，何惜微躯？"马忠即引回庄上，安顿刘氏居住。刘氏差人到驿中，收殓主尸，埋在一处，立意设计报仇。

时光似箭，日月如梭，将近七年。马忠将刘儿取名福郎，送至名师学业。刘儿生得面如铁色，眼若环珠，面貌很像唐时尉迟敬德。年至十四五，走马射箭，武艺通晓，使一条浑铁枪。忠见其勇壮，不胜欢喜，改名叫马赞。一日，马赞跟马忠出庄外，见一起脚夫，扛着大石碑到来，上写"上柱国欧阳昉"数字，马忠见了，愤怒变色。马赞道："大人见此石碑，何故不悦？"马忠道："看着欧阳昉名字，很觉伤心；因此人于十五年前，杀死呼延廷一家，只留一子。我若见他，便要与他同去报仇。"赞怒道："可惜孩儿不是呼延廷之子，若然，即日便去报仇。"马忠道："此事你娘更知其详，可去一

问。"马赞回庄,入见母亲,询问缘故。刘氏呜咽道:"我含此
冤恨,十五年了,你正是呼延廷之子,马忠却是养你的人。"
马赞听了此言,顿时昏晕倒地。马忠急入内把他救醒。赞
哭道:"孩儿今日就辞了父母,便去报仇。"马忠道:"他是河
东权臣,如何近得?须用计策,方可图他。你从今以后,只
称我做叔父就是。"赞拜道:"叔父有何计策教我?永不忘
恩。"马忠正思量间,忽报耿忠来访。马忠即出去迎接,入内
坐定,令马赞相见。便问耿忠来此之故?耿忠道:"适与强
人相争,赢得一匹好马,名曰'乌龙马',将要送往河东,卖与
欧阳丞相,因过尊兄庄上,特来相访。"马忠道:"既贤弟有此

好马,不如卖与小儿,就中更有事理。"耿忠道:"你的儿子,就是我的侄儿,此马便当相送。"马忠大悦,具酒相待。因说起呼延廷被欧阳昉所害,此子是廷亲生,正欲报仇,不得其策。耿忠听罢,愤怒道:"尊兄勿虑,吾有一计,可以杀死欧阳昉。"即对马赞道:"汝将此马,送入欧阳府中,称作拜见之物,就说情愿替他养马,他必肯收留。待遇机会,因而把他杀死,此仇便可报了。"赞大喜,拜受其计。

次日,拜别马忠、刘氏,上马登程,径往河东。到了欧阳昉门口,令人报知,说有一匹好马,要来献与相公。昉听罢,即令唤入。赞到阶下,跪着道:"小人得一骏骑,特献为进见之礼。"昉道:"你是何处人氏?"赞道:"小人祖居马家庄,姓马名赞。"昉思此人必图做官,令左右探问。赞道:"不愿为官,只愿伏事相公。"昉见赞相貌奇伟,又送他骏马,不胜之喜,即收在左右使唤。赞心想行事,尽意奉承,极得昉之

欢心。

到了宋太祖开宝七年,中秋佳节,昉与夫人在后园凉亭上饮酒赏月,昉饮醉后,从人扶入书院,凭几而卧。赞跟到院中,自思此时不下手,更待何时?正欲拔出短刀,忽有人持灯进院,却是管家,特来请昉安歇。赞叹道:"此贼尚有余福,姑从缓图。"

却说赵遂因欧阳昉专政已久,一日,奏知北汉王道:"欧阳昉有擅杀之罪,陛下若不早除,一定贻祸无穷。"恰巧这时帅将丁贵等弹劾其罪,刘钧乃降昉丞相之职,为团练使。昉耻与赵遂等同列,即上疏辞归乡里。北汉王允准,昉即日收拾行李,领从人离晋阳,往郓州而去。不一日,已抵其家,诸亲友皆称贺。到了九月九日,却是欧阳昉的生日,准备筵宴,与夫人畅饮。这时呼延赞独在外房,闷坐无聊,将近二更时分,出庭外闲步,但见月明如昼,西风拂面,赞因仰天长叹道:"本为父亲报仇,此志至今不遂,奈何,奈何!"言罢,挥泪入房而卧。

忽从人来唤道:"相公有事唤汝。"赞听得,即暗藏利刃,径入书院。见欧阳昉睡在床上。昉道:"吾宿酒未醒,汝在身旁好生伺候。"赞应诺。因自忖道:"此贼命合休矣。"约近四更,赞见四下寂静,一时"怒从心上起,恶向胆边生"。腰间取出尖刀,寒光凛凛,杀气腾腾,拿住欧阳昉道:"汝认得呼延廷之子吗?"昉惊得心胆飞裂,连告饶我一命。话声未绝,赞即挥刀刺入咽喉,欧阳昉顿时身死。赞既杀欧阳昉,径入内宅,将夫人并至亲男女四十余口,尽皆杀了。回至庭中,只有一个老妇跪在阶下,乞饶残生。赞道:"不干汝事,急去收拾金宝与我。"老妇到了房中,尽将缎帛金银交赞带去。赞临行,用血写了四句诗在门上,立刻骑了乌龙马并带了宝物,连夜回见其母。刘氏大喜。

次日,赞与马忠相见道:"赖叔父之福,我已将欧阳昉一家杀死,临行留有四句诗的字迹。"马忠惊道:"这字迹倘汉王得知,我家有灭族之祸了,现在你可往耿忠、耿亮处,暂避其难。"赞领命,遂即日拜辞而去。

杨令公死节

杨业——后人唤做杨老令公,是宋朝太原人,勇敢善战,号称无敌。宋太宗时候,杨业做代州刺史,辽人很怕他。到了雍熙年间,他做雄州防御使,严守边疆,因此烽烟不起,百姓安堵。

这一年,辽国萧后命右相萧挞懒,带领大兵侵略犯边,到了胡燕原下寨。消息传入汴京,侍臣奏知,太宗大怒道:"辽兵屡次犯边,朕当御驾亲征,以雪吾恨。"寇准奏曰:"陛下车驾,岂宜轻出,臣素知潘仁美熟悉边情,不如命他出征。"太宗允奏,即下旨授潘仁美招讨使之职,领兵前往抵敌番兵。仁美得旨,回至府中闷闷不乐。幼子潘章问道:"大人为甚不乐?"仁美道:"今天皇上命我防御番兵,只是没有先锋,因此迟疑不决。"潘章道:"雄州杨业,胆力过人,可充先锋,父亲岂不知吗?"仁美道:"你如不言,吾儿忘却了。"

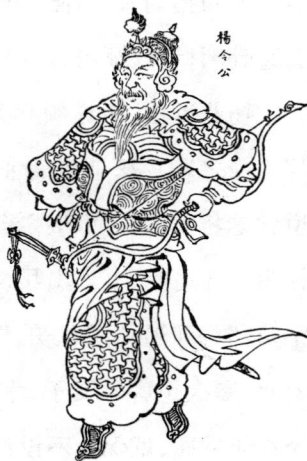

次日,早晨入朝,启奏太宗道:"此行缺少先锋,须召回雄州杨业,方可大破番兵。"太宗允奏,遣使往雄州,来召杨业,

宣读诏旨道:"朕近得边报,北番大举入寇,军民惊扰,诏令潘仁美为招讨使。唯尔杨业,辽人所畏,足充先锋。命到,着速赴阙,计议征讨,毋得稽延误事……"

杨业得旨,即日领兵就道,入汴京朝见太宗,封为行营都先锋之职。杨业受命而出,回至家中与夫人相见,夫人道:"老将军因甚回朝?"杨业道:"北番犯边,主上召我来京,任为先锋之职,不日出兵,特来见夫人一面。"夫人道:"谁为主帅?"杨业道:"潘仁美。"夫人不悦道:"此人昔在河东被你羞辱,屡次想害你父子,幸主上神明,他不能展施奸谋,今号令在他掌握,难保他不设计陷害,老将军必须三思!"

杨业一想，果然有理，当下来见八王，把其中曲折细细述了一遍。次日早朝，八王启奏太宗道："陛下命潘仁美防御番兵，臣闻潘仁美素与杨先锋不和，这次一同出征，恐于杨先锋有不利。"太宗道："这是国家之事，谅无意外。"八王道："如果必使杨业前往，须于廷臣中举一名望素著之人，保他同去，方可无虑。"太宗道："谁可保杨业出征？"八王道："行营都总管呼延赞忠义一心，可以充任。"太宗准奏，即日下旨，着呼延赞保杨业一同出征。杨业听说呼延赞为保，不胜欢喜，复往雄州，调发所部军马出征。

且说潘仁美大军来到黄龙隘下寨，令呼延赞屯东壁，自屯西壁。仁美即和牙将刘君其、贺国舅、秦昭庆、米教练四人商议道："我深恨杨业父子，这一回打算害了他们。不想有保官呼延赞在此，又难施计了。"米教练道："番兵听我军来到，必出来讨战，先锋未到，当着保官出阵。呼延赞虽勇，奈年纪老迈，待他交锋之际，按兵不动，不去救援，他必被番兵所擒！"仁美道："此计甚妙。"

番兵听知宋兵到来，即率领所部会和而来，人马雄壮、声势极盛。仁美便请呼延赞商议道："番兵讨战，先锋军马未到，你有何妙计？"呼延赞道："兵来将对，水来土掩，既承王命出征，当与番兵决战。"仁美道："你先上阵，我领兵在后接应，如何？"呼延赞慨然前行，披挂完全，领兵而出，正遇番将萧挞懒。萧挞懒即舞刀跃马，直取呼延赞，呼延赞举枪迎战，战上八十余合，番将刀怯，拨马便回。呼延赞纵马追赶，四下番兵，散而复合。呼延赞不见后军接应，恐入深地，勒马欲回。忽苇林中一彪军马截出，乃辽将耶律斜轸，把呼延赞人马拦住。呼延赞大怒，奋力刺斜轸，番兵愈众，透不出重围。呼延赞部下折伤大半，想从小路而走，骑校道："小路恐有埋伏，不如走大道为是。"呼延赞乃杀奔大路，萧挞懒又领兵赶来。正在危急之际，忽正东一彪军马杀出，乃杨业也。策马提刀，大叫番将休走，挞懒部将贺云龙纵马迎敌，战不数合，杨业手起刀落，斩云龙于马下，番将大溃。杨业父子，冲入中坚，救出呼延赞。呼延赞谢道："今天若非将军来救，几乎伤命。"杨业道："小将来迟，致令总管受惊，望乞恕罪。"呼延赞乃令杨业屯营。次日，入报仁美，杨先锋军马已到。仁美得知，愤恨不已。刘君其道："杨业违令，可用军法杀了他。"说犹未毕，杨业进帐参见，仁美问道："军情重事，汝何得迟至今日？"杨业道："主上令小将回雄州调集军马，所以至昨日才到。"仁美大怒道："番兵寇边甚急，汝为先锋，稽延不进，尚以主命相推。"喝令拿下处斩，军校登时将杨业绑缚至辕门。从人已报知东营，呼延赞跑马来到，喝开军校，将绑缚解了，领入帐中，见仁美道："昨日交兵，招讨坐观胜败，不发一兵相救，若非杨将军奋勇力战，几乎败事，今日怎可擅自杀他！老将临行，主上赐金铜一把，专保其父子回京，你敢与他作对？"仁美满面羞红，不敢答应。赞邀杨业

出帐中,抽身愤怒而去。

仁美半晌无语。米教练道:"主帅不必忧虑,待小将另施一计,去了呼延赞,杨业就死在旦夕了!"仁美道:"你有何妙计?"米教练道:"现在军中缺少粮草,可令呼延赞前去催运,待他离了边境,再设计把杨业杀死,有何不可?"仁美道:"此计甚妙。"即令呼延总管前去运粮。呼延赞受命以后,闷闷不乐。杨业道:"军粮乃是重事,非总管去不可。"呼延赞道:"非我不肯前往,只有一件,仁美有害你之心,我去后,他设计害你,将如之何?"杨业道:"番兵亦是劲敌,终待总管到来,然后出战,招讨纵要害我,他亦无计可施。"呼延赞道:"此去未知几时粮到,汝父子坚守东营,待我回来,再议出兵。"杨业领诺,呼延赞即回汴京催粮去了。

西营潘仁美探知赞已回汴京,因与众将计议。米教练道:"招讨可发战书于番人,约日交战,徐徐定计。"仁美即送战书去与番将。萧挞懒得书大怒道:"明日准定交锋。"批回来书,聚众将商议道:"杨业父子,骁勇莫敌,近闻与主将不和,正宜乘机图之。离此一望之地,有陈家谷,山势高峻,部兵埋伏两旁,诱敌人进谷中,便可擒杨业了。"耶律斜轸道:"小将愿往。"萧挞懒道:"你去定能成事。"斜轸即引骑军七千余人前行。萧挞懒又唤耶律奚底道:"汝引马军一万,明日出阵,缓缓佯输,引敌人入伏中。"奚底领计去了。萧挞懒分遣已定,着骑兵侦探动静。

仁美得回书,对君其等道:"明日谁当初阵?"众人道:"杨先锋出战,招讨从后出兵接应。"仁美即招杨业道:"番将索战,你明日可领兵出战,不得有误。"杨业道:"呼延总管催粮未到,番兵势锐,还须待机而进。"仁美道:"敌兵到寨,何以抵对?倘总管一月不到,亦等候一月吗?你如推延不出,我当申奏朝廷。"杨业知道不免,便说道:"番兵此来,奇变莫

耶律斜轸　杨业

杨延昭

测，此去陈家谷，山势险峻，恐有埋伏。招讨当发兵于此截战，小将率领所部，当中而入，不然全军难保。"仁美道："你但领兵前往，我自领兵来接应。"杨业既退，贺怀浦道："既杨先锋要如此行，招讨必须遣将于陈家谷接应，方不误事。"仁美道："今偏不发兵，看他如何？"怀浦愤愤而出，长叹道："恶贼必败国事，我何忍坐视不救？"遂率领所部来见杨业道："公此行非利！"杨业道："我非畏死，实在时有不利，徒伤兵卒而功不立。现在招讨勒令要我出战，我只得依从，死生利钝，我都不顾了。"怀浦道："招讨的兵，不见得出来接应，小将愿与将军同去，或可互相援应。"杨业道："可与君分左右翼而出。"商议已定，次日黎明，杨业与二子延昭、延嗣，贺怀浦，列阵于狼牙村，遥见耶律奚底绰斧出马，立于阵前，厉声大叫道："来将快快投降，免动干戈，不然，杀尽你等，决不宽容。"杨业大怒，舞刀跃马，直取奚底。奚底绰斧迎战，两下呐喊,战上数合,奚底拨马便走,杨业从后追赶。怀浦催动后军,乘势杀入。奚底见杨业赶来,且战且走,杨业想平坦之地,料无伏兵,尽力追赶。不料将近陈家谷口,萧挞懒在山坡中放起号炮,耶律斜轸埋伏尽起。杨业只料有兵来援,回望不见一人,大吃一惊,又勒马杀回,已被斜轸截在谷口。延昭、延嗣二人拼死冲入,矢石交下,不能得进。这时耶律奚底抄出东壁,正遇贺怀浦,交战不上两合,被奚底一斧劈于马下,部下众军被番兵所杀。延昭对延嗣道:"你快快杀出围中,前往潘招讨处求援,我杀入谷口,保看爹爹。"延嗣奋勇冲出重围而去。延昭怒声如雷,直杀进谷中。正遇陈

天寿,交马战得一合,将陈天寿刺于马下,杀散围兵,进入谷中。杨业见延昭来到,急叫道:"番兵甚众,你宜速走,免得被擒。"延昭道:"孩儿冲开血路,救爹爹出去。"即举枪血战,冲开血路。萧挞懒从旁攻入,将杨军断为两处,延昭回望其父未出,从军又将杀尽,只得奔往南路,以待援兵。

这时杨业与番兵鏖战不已,身上血染战袍,登高而望,见四下皆是劲敌,即长叹道:"我本想立尺寸之功以报国家,不料被奸贼陷害至此……"回顾部下只有百余人,杨业道:"你们和我共死于此,亦是无益,可速速沿山走回。"众人哭道:"将军到此地步,我们岂忍生还。"遂拥杨业走出胡原。杨业见一石碑,上刻"李陵碑"三字,便对众兵道:"我不能管你们了,此处就是我报主之所……"说罢,抛了金盔,触碑而死。

杨业既死,余众力战不止,尽皆陷没。番兵近前枭了首级,萧挞懒收军还营。

却说延嗣回营见了仁美道:"我父亲被困陈家谷,望招讨急速发兵救援。"仁美道:"你们父子素号无敌,今始交兵,便来求救吗? 军马虽有,岂容发遣?"延嗣大惊道:"为国家计,招讨可坐观其败吗?"仁美命推出帐中。延嗣骂道:"我如生还,与汝老贼势不两立。"仁美大怒道:"乳臭小儿。你竟找寻死路吗?"令左右缚于旗杆之上,一齐发箭,把延嗣射死。

潘仁美既射死七郎,忽报番兵困住陈家谷,杨业已死,已枭首级去了。仁美大惊道:"番兵如此难敌,如不急退,必被擒获。"即下令拔寨起行,连夜逃回汴京。

辕门斩子

话说，宋真宗命光州节度使王全节为南北招讨使，李明为副使，率领大兵征伐辽国，直往幽州进发，军到九龙谷下寨。辽国得知，萧后即命耶律休哥、萧挞懒等率领精兵五十万前来抵敌。到了九龙谷相近，当即吩咐各营摆下天门阵。昼则凄风冷雨，夜则河汉皆迷，好不令人害怕。

宋将王全节听说辽兵在九龙谷附近摆下一座大阵，即私和副使李明数人，登山遥望，果然见戈剑森立，杀气腾腾，竟不识得这阵。当下回来和李明商议，李明道："各种阵势，小可颇能辨识，但从没见过这阵。据小可愚见，不如具表奏闻朝廷，速派能将辨认，方可进攻。"王全节依了李明的话，便命人画成阵势图局，遣骑兵星夜往汴京奏知。

真宗看毕大惊，遍示文武，亦无一人识得。寇准奏道："臣视阵图，内中变化必多，除非三关杨六郎，可识此阵。"帝允奏，即遣使往三关，来召六郎。六郎领旨，对诸将道："既皇上有旨，应当前往。"因令陈林、柴敢守寨，亲自率领岳胜、

孟良等统领三军,离山拔寨,不日到了汴京。六郎将所部屯扎城外,当日随班朝见真宗。真宗道:"近因番人排下一阵,文武皆不能识,卿太原宿将,阵势素熟,试看此阵为何?"六郎承旨,接过阵图细看,奏道:"臣看此阵,必有传授,须容臣亲提兵马临敌境观看,方明其理。"帝允奏,即命起行。六郎即领所部离了汴京,往九龙谷进发。哨马报入王全节军中,全节不胜之喜,与李明等出营迎接,并誊入帐中坐定,二人各叙起居。全节道:"小可北征,不想番家摆下阵势,甚是奇绝,今君来此,想有定论。"六郎道:"主上将阵图与我观看,小可难明其理,还待出阵细察,看它变化如何?"全节具酒相待,夜静乃散。

次日,六郎与岳胜、孟良等,披挂齐备,鼓罢三通,鼓噪而进,辽将韩延寿亦领兵列于阵前。六郎坐马上高叫道:"北兵休放冷箭,待吾看阵。"延寿认得是杨六郎,自思:"此人乃是将门出身,深识阵法。"遂下令各营,依红旗指挥,随时变化。番营得令,一声炮响,阵势变化。六郎在马上注视良久,对诸将道:"阵势吾曾摆着几番,未曾见此变化,道是八门金锁阵,又多了六十四门;道是迷魂阵,又有玉皇殿。如此丛杂,如何敢破?只得回军商议。"岳胜等乃收军回营,北兵亦不追赶。六郎回军中,与全节计议道:"这阵果然奇绝,小可亦不能识。"全节道:"君如不识,别人愈难明了!"六郎道:"可请御驾亲来,然后计议。"全节乃差人赴京奏知。

真宗遂命寇准监国,呼延赞保驾,八王为监军,敕令诸边帅臣俱各随征听调。车驾离汴京,往幽州进发。

一路行来,九龙谷将近。杨六郎、王全节等皆在五十里外迎接。真宗即在正南驻营,诸将朝见毕,帝召六郎入御前,问其阵势。六郎奏道:"其势摆得奇异,臣亦参不透,特请圣驾来商议。"真宗闻奏,默然无语。呼延赞奏道:"杨令公夫人就是杨令婆——素娴韬略,陛下何不降旨一道,召她前来一看?"真宗准奏,即差骑兵星夜往无佞府召杨令婆。杨令婆得旨,只得与六郎之子杨宗保一同到来。见了真宗以后和诸将出去看阵，令婆亦不能识。宗保道："孙儿略识此阵。"令婆道："你既识此阵，可知此阵何名？"宗保道："说起此阵，非比等闲，名唤天门阵。阵阵变化，奇幻无穷……"六郎闻知，不觉大喜，便一同回营，安排破阵。忽中军报道："辕门外有一道士要见主帅。"六郎好生惊异，传令入见。只见那道士步入帐内，拜见毕，说道："贫道姓钟名汉，人称钟道士，近闻辽邦摆下天门阵，特来助一臂之力。"六郎大喜，即令宗保相见。宗保便和钟道士计议破阵之法，奏知真宗。一面命呼延赞往太行山取金头马氏，率领所部来御营听候，差焦赞往无佞府，召取八娘、九妹并柴太郡。岳胜往汾州口

外洪都庄调回大将王贵，着孟良往五台山召取杨五郎。派遣已定，呼延赞等各领命而行。

却说孟良前往五台山来见杨五郎说道："要破天门阵，乞下山相助。"五郎道："我已一心皈佛，何苦又来相扰？"孟良道："此是国家大事，师父可慈悲一行。"五郎道："如果一定要我前往帮助，必须往穆阁寨后门，取得降龙木与我做斧柄，方可成事。不然，去亦无益。"孟良道："师父要那降龙木，容小可前往取来就是。"五郎道："汝去索取此物，我便整备伺候。"良即辞五郎，径往穆阁寨来。

且说穆阁寨寨主，是穆羽之女，小名穆金花，别名桂英。生有勇力，箭艺极精。是日出猎，射中一鸟，恰巧被孟良拾去。孟良行未数步，忽有人赶来，向孟良索取，孟良停住脚步，将喽啰打散。喽啰报知穆桂英，领众追至，孟良闻后面人马之声，取出利刃，挺身等待。桂英大骂："诛不尽狂奴，敢来此处相斗！"孟良更不答话，舞刀来战，桂英举枪迎刺，战至四十余合，孟良力怯，退步便走。桂英不赶，与众人把住路口。孟良进退无计，只得向喽啰道："我将射鸟还汝，愿你们放我过去。"喽啰道："你来错路头，谁不知要过穆阁寨的，要留下买路钱，你如没有买路钱，一年也不得过去。"孟良自思有事在身，只得脱下金盔当买路钱。喽啰报与桂英，桂英令放他去。孟良离却此地，竟回营来，将五郎要斧柄、穆阁寨主难敌，又将金盔当作买路钱，诉了一遍。宗保向六

郎道："孩儿愿与孟良同走一遭。"六郎允诺。宗保、孟良领兵二千，来到寨外讨战。穆桂英听得，全身披挂，领众鼓噪而出。宗保道："听说你们山后有降龙木两根，乞借左边一根与我破阵，事定之日，自当重谢。"桂英笑道："赢得手中刀，两根通拿去。"宗保大怒道："捉了这贱人，我们自往斫取。"两骑相交，战上三十余合，桂英卖个破绽，拍马便走；宗保乘势追赶，桂英回马，将宗保活捉而去。孟良随后救应，寨上矢石交下，不能近前。孟良道："我们勿退，须待思量计策，救出小将军。"众军依言。

桂英捉宗保到了帐中，令喽啰绑缚。宗保道："不必用苦刑，要杀便杀。"桂英见其人物秀丽，言辞慷慨，自思若得与其成为夫妇，不枉人生一世，便密着喽啰通知宗保。宗保自思道："如不应承，死且难免，莫如允许，可图大计。"便说道："寨主不杀，且许成婚，敢不从命。"喽啰回报，桂英大喜，亲扶宗保相见，设酒相待。饮至半酣，忽寨外喊声大震，人报宋兵攻击。宗保道："现在寨主可开关，说与部下知道，以安其心。"桂英依言，令喽啰开关说知，孟良对宗保道："小将军在此快活，众人胆亦惊破了。"宗保以寨主之意通知孟良。孟良道："军情紧急，当即回去。"宗保欲辞桂英而行，桂英道："本待留君，既军事匆忙，只得从命。"宗保径出寨来，桂英直送至山下，宗保道："倘遇救应之处，特来相请。"桂英领诺而别。

宗保率领众人回见六郎道："孩儿与穆寨主交锋，误被穆寨主捉住，蒙彼不杀，又与孩儿订婚，特来请罪。"六郎大怒道："我为了国事坐卧不安，你敢贪私爱而误军情？"喝令推出斩首。令婆得知即来救道："孙儿虽犯军令，但目下为国家大计，还是放了他罢。"六郎遵母所言，权将宗保囚于军中。

次日，孟良私自往见宗保，宗保道："我的心事，唯你知道，穆寨主英雄女流，军中用得此人，必获大利。汝再往见她，一则求降龙木，二则着她来相助。"孟良领诺，往见桂英，说知本主特来相请，并要求取降龙木之由。桂英道："你主一去不来，我如何离得此地？速归回报，如再不来，我便领众来斗了。"孟良愕然道："寨主与小将军既订佳偶，正宜往会,何出此言?"桂英怒道:"当日我少见识,被你们诱去,今又来饶舌,如果再说,可来和我斗一百合。"孟良退出思忖道:"若不用着毒手,如何肯下山。"等到黄昏,孟良密往寨后放起一把无情火。霎时间,烟焰冲天,四下延烧,众喽啰齐来救火,被孟良提刀走入桂英寨内,砍了降龙木一根,拿往五台山去了。

却说孟良焚烧穆阁寨,天色渐明,火势已灭,寨的前后烧得七残八倒。穆桂英怒气填胸,便点喽啰,欲杀奔宋营,报此仇恨。头目道:"此必孟良见寨主不肯下山,故行此计。今山寨凋零,不如往助宋君,一则佳配完全,二则立功于朝,何必自伤和气?"桂英沉吟道:"汝言极是。"即将粮草装载,扯起穆阁寨金字旗号,领众径往宋营中来。骑兵报入帐中,六郎怒道:"深恨此贱人,勾引吾儿,至误军事,今日又来诱惑吗?"即领骑兵五千,出军前大骂道:"贱人好好退去,万事

皆休，若不收军，你命即在顷刻。"桂英怒道："好意前来帮助，反致凌辱。"遂跃马舞刀，直取六郎。六郎举枪交战，桂英佯败而走，六郎纵马来追，桂英勒回马将六郎捉住，解回原寨。忽山坡后旌旗飞扬，一彪僧兵喊出，五郎与孟良来到。孟良拍马近前，望见六郎，高叫道："主帅为何被捉?"桂英问道："此是谁人?"孟良道："正是小将军父亲。"桂英惊道："险些有伤天伦。"急下马解缚，拜道："不识大人，万乞赦宥。"六郎亦令起来相见。杨五郎等，都会一处，回至军中。六郎令放出宗保，桂英拜见令婆，令婆不胜欢喜。

后来岳胜、呼延赞等调取各处兵马到来，遂一齐奋勇进攻，攻破天门阵，大胜而回。

双阳公主追狄青

话说，北宋仁宗时候，有个大将，唤作狄青——西河人，奉旨征伐西番，不意误入鄯善国，被鄯善国双阳公主捉住。狼主看得狄青人才出众，硬把双阳公主嫁与狄青为妻。狄青再三推却不得，只得勉强应允。一面通知诸将，把所有士卒暂时扎在白杨山。这消息传到中原，朝廷即把狄青之母拘禁牢中。又派钦差到营，仍命狄青平伏西番，将功抵罪。

狄青听说其母被拘，不觉五内如割，纷纷泪下，心中十分烦闷。自思："现在虽蒙圣上宽宥，仍命去征西番将功抵罪，但公主怎肯放我去呢！且如果要去，须要盗回刀马，预先埋了地步，方能脱身。所虑者内有三关阻隔，然出得三关逃走便成了。"想罢，便进宫来。

公主一见，立起身，微微含笑说："驸马，你今早往哪里去玩耍？"狄青道："园里百花开放，啼鸟喧哗，百般热闹，妙不可言，下官游赏一回，久而不厌。"公主道："只怕及不得你中原。"狄爷道："下官在你邦未久，俗例民物

狄青

却已看得几分了,唯有人物不雅,其余各项相同。"公主道:
"妾的容貌如何?"狄爷道:"公主的花容美丽,就是中原也少
有。"公主道:"驸马休得虚言哄我。"狄爷道:"下官绝不哄
你。"公主道:"但不知驸马在此,还念想家乡否?"狄爷道:
"公主,下官已负千金重罪,还有什么面目回见宋王?我在
这里一般荣华过日,有何别的不足之处。"公主道:"如此说
来,竟不想回朝了。"狄爷道:"回朝就要做刀头之鬼,我想上
下两邦,多是做官,在此有何不美。只有一件事情放心不
下,有母在着家乡,母子分为两地。或能用计,把娘亲悄悄
携到此处,娘儿叙会,乐庆芳辰,我的心头便放下了。"公主
道:"这亦容易,待想出一个计较,搬取婆婆到来,使你心安
便了。"狄爷道:"多谢公主。"此时狄青说得言辞悲切,公主
哪里知他别的心肠,对坐言谈许久,安寝不提。

到了次日,夫妻双双来至花园内,公主演武一番,狄青
也演习一回。这时天色尚早,狄青坐在霞亭内,公主偶然将

丈夫一看，但见他愁容不语，似有所思。公主问道："驸马，你好好玩乐，为何忽然面现愁容，莫不是有什么别的心事？"

狄爷道："公主，下官盔甲金刀和一匹坐骑，名为现月龙驹，都是平日随常用的。今朝演武，回想起来，未见此物，不知被何人所得，所以心中不悦。"公主听罢，微微含笑道："原来你为这几件东西，妾早已着人收好在此，你且放心，待我一并送还你罢。"狄爷道："我只道失去了，原来尚在公主这里。"公主道："妾明知驸马惯用之物，理当收拾，岂可轻弃。"狄爷听后说："多谢公主了！"公主此时即忙差人往取，少停，刀马盔甲取到。公主道："驸马，你的刀法甚好，何不试演一回，与妾观看？"这句话，正中了狄青之意，当时应诺，即换盔甲，提起金刀，那龙驹见了主将，连吼数声，四蹄不住地跳。

狄爷道："马呀！我与你分离一月光景了，你今见了我面，为甚叫跳？"即忙跨上那龙驹。此时狄爷，头戴金盔，盔上血结

玉鸳鸯霞光灿烂；身穿黄金甲，手执定唐金刀。园内太阳光，照得这狄青遍身金光闪闪，更兼这现月龙驹又高又大，比往常加倍奋勇。公主看见丈夫光景，好不开怀，想来这驸马年少美貌、赫赫威风、轩昂气概，得与这员大将为夫妇，真称了平生志愿。看他今日在马上玩乐，更胜前番，但愿天长地久共在一处，就清汤淡水度苦也是甘心。莫言公主心中快乐，就是众宫娥看见狄爷舞起金刀来，但见金光射目，只见刀闪不见人影，龙驹奔前奔后，看得眼花缭乱，也是得意扬扬，不绝称赞。狄爷舞了一回，下马，小番便抬过金刀，牵了马匹。狄爷道："公主！你呆呆看下官，却是何故？"公主含笑道："妾今日看见这般操演，比往常更加威武，从今尽可随常用了。"狄爷道："承公主褒奖。"暗想如今有了马匹盔甲，可以逃走了。此时公主又着小番，收管盔甲马匹金刀，置在东宫空房，以便驸马取用。此时天色已晚，夫妇二人就携手回房。

却说狄青，骗回盔甲刀马，到了次日仍往园中演习武艺。隔了二天，对公主说道："自到你国，不知外方如何？欲到外面打猎一回。"公主信以为真，吩咐二十四个小兵，跟随驸马出郊打猎。又道："驸马，你改换了盔甲前去，以壮其威。"狄青暗暗心花大开，即时换了盔甲，上马提刀。十二对小番跟随左右，转出宫来。一路来到郊野，看见一座高山，岩岩高峻。狄爷问小番，这座大山是什么名？小番禀道：

“驸马爷！这座山名为狮子山。”狄青道：“山上有野兽吗？”小番回说：“很多，只怕驸马爷捉不完。”又问道：“这边山林是什么所在？”小番道：“是万花林。”又问道：“林内可有禽鸟吗？”小番道：“这是飞禽所聚，只怕驸马打捉不尽。”狄青又问：“前面粉壁是什么地方？”小番道：“这是卧虎岗，左边大路是直通鸳鸯关的。”又问：“有多少路程？”小番道：“约有三四十里光景。”又问：“东边这壁厢是何名？”小番道：“名为落雁台，那一处直通乌龙坞、青牛岭等处地方。”这狄青一心要做离笼鸟，所以探问地方去路，先将路程记明白，然后放心打猎。

且说公主独坐宫内，细细思量丈夫，人才出众，上邦名将，招赘了奴家，足称心怀。正在思量，只见宫娥走入禀道："国母娘娘有些病恙，特来禀知。"公主听了道："母后有病，待奴家前去请安便了。"公主即忙抽身。吩咐宫娥道:"你等只在宫门伺候,驸马回来只消叫他略坐片时。"说完,领了两个宫女来到贤德宫。见了母亲,开言问道:"不知母后娘娘身体欠安,问候来迟,孩儿有罪,望母后宽恕。"番后道:"孩儿,不罪你,且宽心坐下。"公主道:"多谢母后,但不知有何不耐烦,说与女儿听听。"番后道:"女儿,为娘昨日尚是平安,到了黄昏身上寒而转热,今朝起来,喉干舌燥,此刻还是气闷不过。"公主道:"想必母亲受了些风寒,待女儿见过父王,速招太医官来医治便了。"番后道:"孩儿,这些小病,不用医治了。"

　　且说狄青回到宫中,问道:"公主哪里去了?"宫女禀道:

"只为娘娘有病,前去看问,尚未回来,请驸马少坐片时。"狄爷道:"好,取茶过来。"宫女送上茶来,驸马饮过,想道:"我已一心安排逃走,但今夜已来不及了。且到来日见机而行,必须离了此地才妥。"停一会儿,公主已到,狄爷起身,夫妇一同坐下。公主开言道:"驸马,今日出郊打猎玩耍,可有兴吗?"狄爷道:"公主,下官只道你邦风景平常,哪知景致与我中原仿佛。各处游玩,更觉有兴,山川岩穴里飞禽走兽十分众多,捕取不尽。今日一天玩耍不尽,下官想明日再去玩耍。"公主道:"驸马,想你在中原总与国家出力,日夜辛勤,劳心国政。如今在此,大小事情你不干涉,自在安闲,逍遥快乐,岂不好吗?"狄爷道:"公主之言甚是。"又道:"公主,我听说母后有病,未知有何不耐烦? 下官也须前往请安。"公主道:"母后无非感些风寒,些须小恙,待妾与你转达便了。"夫妇言谈一会,不觉天色已晚,宫中排上夜宴,二人用毕,不久安寝。

次日起来,早膳已到,双双共桌同餐,用膳已毕。公主立起身道:"驸马,昨日母后有病,今日未知安否,待妾去看看就来,你且少坐片时。"狄爷说道:"有烦公主,与下官代言请安才好。"公主答声晓得,即带了两个宫娥,辞过丈夫,往宫中请安去了。狄青此刻满心喜悦道:"此时不走,更待何时!"遂急急出房。宫娥问道:"驸马爷,到哪里去?"狄青道:"往外边玩一会就回来,若公主回房,说不在花园,只在近地玩耍去了。"宫娥道:"驸马爷玩耍一回,须早些回宫才好。"
狄青道:"晓得。"此时小番也不知其意,大家即忙前来,说
道:"驸马爷,今日出郊游猎,一人早些回来。"狄爷连忙上马
提刀,穿戴盔甲,催开坐骑,一路出了宫来。恐防迟久,公主
闻知就走不成。所以出了城外,向昨日出猎小番指明往鸳
鸯关的路途,奔走如飞,顷刻间走了二十余里,再走一程,已
是鸳鸯关了。狄爷想前面是鸳鸯关,不知可有阻隔否? 来
到关下,大叫道:"关下人快些开关。"小番看见,说道:"原来
是驸马爷,小番叩头。"狄爷道:"我要出关游玩,快些开关。"

小番道:"请驸马爷少待,等小的告知主将才开关。"原来守
关主将名唤士麻其,此人是个粗心之辈,想:"他既在我邦为
驸马,要出关游玩,下官岂敢不遵?"吩咐小番把关门大开,
亲自出来迎接,说声:"驸马爷,卑职有失远迎,伏望恕罪。"
连忙拱手。狄爷道:"将军少礼,关外可有好玩的吗?"士麻
其道:"关外好玩的去处甚少,风火关外的地方,好玩的更
多。"狄爷道:"我要往风火关外游玩,未知从哪一条大路去
得近,有多少路途?"士麻其道:"驸马爷! 这路途共有五十
多里,走得快的,才有玩耍的时候,地头弯曲甚多,你一人难
以知道,待下官差两个小番随驸马到风火关,不知驸马爷意
下如何?"狄爷想来,不认得路途,尤恐公主追来,又怕走错
了耽搁日子,反为不美,不如允了小番同行,就叫小番快些
引路去罢。士麻其即差小番两人,把关开了,亲自送出关

去,说:"驸马爷,前去玩耍片时,早些回来。"狄爷道:"将军不必远送了,请回罢。"士麻其听罢,只得回关去了。

　　狄青得小番引路,不觉走了十八里,问明前面路程,吩咐二人转回。一程飞马,走了一个时辰,就到了风火关。狄爷至关下通知,守关番将名唤哈蛮,知驸马叫关。想一回说道:"关内本有许多好玩处,今要出关玩耍,恐非实意。本官在此做个防闲,他若出关去,但有甚差处,岂非公主要归罪于我?"即悄悄传令,关门上了锁,然后出来迎接。道:"驸马爷,鸳鸯关内地方很大,好玩地方也不少,何不在里面玩耍?"狄爷道:"关内地方多已玩尽,所以要往关外走走。"哈蛮道:"驸马爷,你不知详细,风火关内外俱没有甚风景,不必出关去了。"狄青道:"好胡言。鸳鸯关士麻其说,风火关外十分好玩。你因何阻挡我,敢是把我看轻吗?还不快快开关,放我前去。"哈蛮道:"驸马爷!鸳鸯关可出,风火关难开,驸马爷不要前去罢。"狄爷道:"为何难开?"哈蛮道:"此关若是别人把守,听由驸马爷出入。如今下官奉了狼主之命把守,不敢轻轻开放,请驸马爷转回便了。"狄爷听罢,心头着急,若是迟延耐久,难以脱身,如若再阻挡一回,公主追来,即逃走不成了。也罢!待我略略行凶用势,他或者害怕,然后肯放我过去,也未可知。想罢,即摆开金刀,金光灿灿,喝道:"哈总兵,你若不开关,人虽有情,刀是无情的。"哈蛮见他如此光景,更加动了疑心,想:"他既要玩耍,因何顶盔贯甲，手内提刀，一个人也不带，我不肯开关，竟是这样着忙？好生可怪，一定有些蹊跷，莫非他想逃走吗？"未晓公主知也不知，若开关放了他，未免干系下官。主意已定，开言叫道："驸马爷！不要动怒，不要怪下官，你要出关，只要有了凭证，下官就开关送你过去。"狄爷道："你要怎样凭证？"哈蛮道："或是狼主的旨，或是公主的令一到，小将便开关了。"狄元帅道："我是何人，你敢是如此强阻吗？"哈蛮道："驸马之言差矣，下官既奉狼主之命掌管此关，不论何人，总要有了凭证，然后开关出入。"狄爷越是心中着急，怒目圆睁，提起金刀，大叫道："哈总兵你的头颅，可曾生得坚牢吗？"哈蛮道："小将的头，虽然生得不坚牢，总是驸马爷无证。小将不敢开关门，驸马爷，且请回转罢。"狄爷大喝道："好大胆的官儿，本官就砍你的头下来。"

哈蛮正欲开言，只听得远远娇滴滴的声音，叫声："狄青

慢些走，奴家来也。"狄爷回头一看，吃了一惊，只见公主远远赶来，说："不好。"忙忙纵马向关左斜路而行。哈蛮一见，发声冷笑道："下官持定主意，不肯开关放他，果然迟一刻公主就赶来，原是逃走的，下官见识却也不差。"此时番将大悦，即上前跪接公主，公主吩咐道："你快些将关加上锁罢，若驸马爷出去了，是你的罪。"哈蛮诺诺连声。此时公主怒气满胸，着令女兵紧紧同追。狄爷这现月龙驹，原是好马，公主的赛麒麟也是宝驹，走得也快。况且狄爷人生路不熟，弯转十分不便，怎经得公主一路赶来的，逼迫这狄青走得浑身冷汗。

狄青料想逃走不成了，只得回马抡刀，叫道："公主，下官出外玩耍，你赶来何事？"公主喝声："你休哄我，平日之间，说'今已结为夫妇，从此不回中原'。奴家信了你是真情，岂知一派巧语花言，竟被你瞒得我颠颠倒倒。到底你抛弃了奴家，有何缘故？"狄青道："公主！这原是下官身负重罪，负你一片真情，望求海量宽恕！"公主喝声道："匹夫，世间薄情之汉，是你为首。竟把奴家抛弃，到底有何不足之处，快些实说？"狄青道："公主，下官承你错爱了。"公主道："既然如此，因何弃我而行。"狄爷道："公主，事到其间，下官不得不直说了。我是生在中原之地，几代相传，忠良自许。家门不幸，单生下官一人，自小立定主意，丹心报国。前日投降你国，非我所愿，勉强与你成亲，乃一时之权，身虽在此，心

双阳公主

在中原。"公主道:"既然你一心归宋,何不早早说明,口是心非,岂大丈夫之所为!"狄青听了,道:"公主,下官从前原是不肯投顺,只因你父王不好,苦苦逼我成亲。下官正是事到其间,无可奈何,勉强应允。不过权为你做伴罢了。"公主听了狄青之言,纷纷下泪,咬牙切齿,恨声不绝。骂道:"你真是一个无义之人,全不念奴家待你情重如山,抛弃了我,弄得我清不清、白不白。现在你既一心归宋,料也难留你了,从此我唯有青灯独对罢了!"公主此时说到伤心处,泪如雨落,湿透衣襟。早有女兵抬起枪,递上公主,狄爷见此光景,心下好生不安,想起今日骗走,辜负了她,也是惨痛,不觉落下泪来,马上打拱道:"公主! 这原是下官之罪,我劝你休得伤怀！"那公主叹道："奴家真诚待你，你却无半点夫妻之情，好不恨杀人也。"狄青道："公主！下官若未与你成亲，也不多讲，今既为夫妇，彼此多存夫妻之情了。"公主道："若念夫妇之情，也不该弃我归宋，你一片虚情鬼话来哄骗我。"狄青道："公主！并不是下官虚言哄你，望你万不可伤心苦坏了。下官与你一个商量。"公主道："怎样讲？你且说来。"公主吩咐女兵退后些，狄青把马催上一步，马头对马头，人面对人面，叫声："公主！并不是下官今日无意于你，辜负了一月夫妻，只因下官奉旨平西还未成功，反投你国招亲，现在我母亲禁在牢中，如果公主不放下官出关，我愿在马前一死，以谢公主罢了。"公主含泪道："若放你出关便如何？"狄青道："你若放我出关，待下官与众将平伏西番，将功赎罪，放还我的母亲。此时国务已了，母子已安，那时下官便可与公主白头共处了。"公主听言，止不住双泪交流，说道："这话你若早早来商酌，自无不可。现在多少真言，还算不真，你要出关，休得妄想。"狄青道："公主，下官此言确非哄骗，如再不信，情愿死在公主马前……"公主道："且慢！你如果真心，奴家当可从命。"狄青道："到了此时，下官岂敢再用虚言相欺。况且公主为人，情义两全，下官决不将你抛弃，但愿早建功劳，仍旧来与公主相会，万万不做薄情之徒。只望公主金诺，放我出关，感德不穷！"公主见狄青这样苦口相求，纵欲不放出关，也觉心有不忍。便说道："驸马，你既决意要去，奴家也不留你。你须记得今日之言,不要建了功劳,平了西番,把奴家忘记了……"狄青道:"贤妻能如此体谅下官,下官哪敢忘记盛德……"公主听了,便命番女前往各关通知,休得阻挡,休得迟延。又对狄青道:"你此番前往西番,只恐兵微将寡,粮饷不足,奴家助你些番兵番将和粮饷,你意下如何?"狄爷听了,满心大悦,说道:"公主!此言足见你一月夫妻的心迹了,但我粮草丰足,人马多扎屯在白杨山等候,公主不必费心。你且请回,下官就此告别了。"公主道:"驸马,你且慢去,妾身还有一言相告。"此时公主凤目忍不住得珠泪沾襟,说声:"驸马!你虽英雄无敌,须知西番兵强将勇,他国有一个天宝将军,名为黑利,国王的公主飞龙与他为配。这员番将名声远震,你此去须要谨谨提防才好!"说完,粉面流泪,不胜凄楚,依依不忍分离。狄爷见妻如此,好生不忍,说道:"公主啊!今朝暂时分离,后会有日,何必如此心烦,切记下官前告之言罢!"说罢,硬着性子,叫声:"公主请回便了,下官去了。"催开坐骑,飞奔到关,哈蛮恭迎驸马爷,送出关外。出了风火关,又到吉林关,巴总兵因有公主的令,不敢拦阻,遂大开关门,送驸马爷起程。是日便到了石亭关,会齐五将。众将一见大悦。早有飞山虎知狄爷出了关,先往白杨山通知孟定国前来相会,狄青即令四虎将,将兵马分开队伍,祭过大纛旗,三声炮响,一路起程,出了三关,前往征伐西番。

岳飞巧试九支箭

　　岳飞,字鹏举,宋朝相州汤阴县人,年幼的时候和母亲姚安人寄寓河北内黄县麒麟村富户王员外家里。

　　这村里的富户,除了王员外还有汤员外和张员外。他们三个都是要好朋友,每人都只有一个儿子。王员外的儿子,唤作王贵;汤员外的儿子,唤作汤怀;张员外的儿子,唤作张显。三个员外合请陕西周侗老相公在家教三个儿子学文习武。

　　后来周侗老相公看见岳飞人才出众,便收为弟子,又认为螟蛉子,不多时又教和王贵三人结为兄弟。从此大家一心一意,跟着周侗双日习文、单日习武。那周侗,原是东京八十万禁军教头林冲的师父,又传过河北大名府卢俊义的武艺,因为年迈,巴不得将平生十八般武艺,尽心传与弟子。岳飞性质聪明,又格外肯用功,所以他文才武艺比王贵等三人更高强得多。

　　光阴如箭,忽忽数年。一日,三个员外同先生在庄前闲步,只见

岳飞

村中一个里长走上前来施礼道："三位员外同周老相公在此,小人正来有句话禀上,昨天县中行下牌来小考,小人已将四位小相公的名字开送县中去了。特来告知,本月十五日要进城,员外们须早些打点打点。"王员外道："你这人好没道理!要开名字,也该先来通知我们商议商议,你知道我们儿子去得去不得?就是你的儿子,也要想想看。怎的竟将花名开送进县?岂有此理!"周侗道:"罢了,他也是好意,不要埋怨他了。令郎年纪虽轻,武艺也可以去得的了。"又对里长道:"得罪你了,另日补情罢。"那里长觉得没趣,便道:"好说。小人有事要往前村去,告别了。"周侗便对三个员外说道:"各位贤弟,且请回去,整备令郎们的考事罢。"众员外告别,各自回家。

周侗走进书房来,对张显、汤怀、王贵三个说:"十五日要进城考武,你们回去,叫父亲置备衣帽弓马等类,好去应考。"三人答应一声，各自回去，不提。

周侗又叫岳飞也回去与母亲商议，打点进县应试。岳飞禀道："孩儿有一事，难以应试，且待下科去罢。"周侗便问："你有何事？推却不去。"

岳飞道："三个兄弟，俱是豪富之家，俱去备办弓马衣服。看孩儿身上这般褴褴褛褛，哪有钱来买马？为此说且待下科去罢。"周侗点头道："这也说得是，也罢，你随我来。"岳飞随了周侗到卧房中，周侗开了箱子，取出一件半新不旧的素白袍，一块大红片锦，一条大红鸾带，放在桌上。叫声："我儿，这件衣服，与你令堂讲，照你的身材改一件战袍，余

下的,改一顶包巾。这块大红片锦,做一个坎肩、一副扎袖,大红鸾带,拿来束了。将王员外送我的这匹马,借与你骑了。到十五日清早就要进城的,可连夜收拾起来。"岳飞答应一声,拿回家去,对母亲说知就里。安人便连夜动手就做。

隔了一日,周侗独坐书房观看文字,听得脚步响,抬头见汤怀进来道:"先生拜揖。家父请先生看看学生可是这般装束吗?"周侗见那汤怀,头上戴一顶素白包巾,顶上绣着一朵大红牡丹花;身上穿一领素白绣花战袍,颈边披着大红绣绸坎肩,两边大红扎袖,腰间勒着软带,脚登乌油粉底靴。周侗道:"就是这等装束罢了。"汤怀又道:"家父请先生到舍下用了饭,好一同进城。"周侗道:"这倒不必,总在校场会齐便了。"汤怀才去,又见张显进来,戴着一顶绿缎子包巾,也绣着一朵牡丹花;穿一件绿缎绣花战袍,也是红坎肩,红扎袖,软金带勒腰,脚穿一双银底绿缎靴。向周侗揖道:"先生看看学生,可像武中朋友吗?"周侗道:"好。你回去致意令尊,明日不必等我,可在校场中会齐。"张显答应回去。王贵也走将进来叫道:"先生,请看学生穿着何如?"但见他身穿大红战袍,头戴大红包巾,绣着一朵白粉团花;披着大红坎肩,大红扎袖,赤金软带勒腰,脚下穿着金黄缎靴,配着他这张红脸,浑身上下,火炭一般。周侗道:"妙啊!你明日同爹爹先进城去,不必等我。我在你岳大哥家吃了饭,

同他就到校场中来会你便了。"方才打发王贵出去,岳飞又走进来道:"爹爹!孩儿就这样罢?"周侗道:"我儿目下且将就些罢。你兄弟们已都约定明日在校场中会齐,我明日要在你家中吃饭,同你起身。"岳飞道:"只是孩儿家中没有好菜款待。"周侗道:"随便罢了。"岳飞应诺,辞别回家,对母亲说了。

到次日清晨,周侗过来同岳飞吃了饭,起身出门。周侗自骑了这匹马,岳飞跟在后头,一路行来,直至内黄县校场。你看人山人海,各样赶集的买卖并那茶篷酒肆,好不热闹!周侗拣一个洁净茶篷,把马拴在门前树上,走进篷来,父子两个占一副座头吃茶。那三个员外,到了校场,拣一个大酒篷内坐定,叫庄丁在下面去寻先生和岳大爷。那庄丁见这匹马,认得是周侗的,望里面一张,见他父子两个坐着。即忙回至酒篷,报与各位员外。三个员外,忙叫孩儿们同了庄丁,来至茶篷内。见了先生道:"家父们俱在对过篷内,请先生和岳大哥到那里用酒饭。"周侗道:"你们多多致意令尊,这里不是吃酒的所在。你们自去料理,停一会,点到你们名字,你三人上去答应。那县主倘问及你哥哥,你等可禀说,在后就来。"王贵便问道:"为什么不叫哥哥同我们一齐去?"周侗道:"尔等不知,非是我不叫他同你们去,因你哥哥的弓硬些,不显得你们的手段,故此叫他另考。"那三个方才会意。辞别先生,回到酒篷,与众员外说了此话,众员外赞叹不已。

不多时,那些各乡镇上的武童,纷纷攘攘地到来,真是"贫文富武",多少富家儿郎,穿着十分齐整,多是高头骏马,配着鲜明华丽的鞍甲。一个个心中俱想取了,好上东京去取功名。果然人山人海,说不尽繁华富丽。再一会,只见县主李春,前后跟随了一众人役,进校场下马,在演武厅上坐定。左右送上茶来吃了,看见那些赴考的人,好生热闹。县主暗喜:"今日若选得几个好门生,进京得中之时,连我也有些光彩。"

少刻,该房书吏送上册籍。县主看了,一个个点名叫上来,挨次比箭,再看弓马。此时演武厅前,但听得嗖嗖嗖的箭响声不绝。那周侗和岳大爷在茶篷内，侧着耳朵，听着那些武童们的箭声。周侗不觉微微含笑。岳飞问道："爹爹为何好笑？"周侗道："我儿你听见吗？那些比箭的，但听得弓声箭响，不听得鼓声响——射中一支箭即击鼓一次——岂不好笑吗？"

那李县主看射了数牌，中意的甚少。看看点到麒麟村，大叫："岳飞！"叫了数声，全无人答应。又叫："汤怀！"汤怀应声道："有！"又叫："张显！王贵！"两个答应。三个一齐上来。众员外俱在篷子下，睁着眼睛观看，俱巴不得儿子们取了，好上京应试。当时县主看了三个武童，比众不同。行礼已毕，县主问道："还有一名岳飞，为何不到？"汤怀禀说："他在后边就来。"县主道："先考你们弓箭罢。"汤怀禀说："求老爷吩咐把箭垛摆远些。"县主道："已经六十步，何得再远？"

汤怀道:"还要远些。"县主遂吩咐:"摆八十步上。"张显又上来禀道:"求老爷还要远些。"县主又吩咐:"摆整一百步。"王贵叫声:"求大人再远些。"县主不觉好笑起来:"既如此,摆一百二十步罢。"从人答应,下去摆好箭垛。

汤怀立着头把,张显立着二把,王贵是第三把。你看他三个开弓发箭,果然奇妙,看得众人齐声喝彩,连个县主都看得呆了。你道为何?那三个人射的箭,与前相反,箭箭上垛,并无虚发。但闻擂鼓响,不听见弓箭的声音,直待射完了,鼓声方住。三人同上演武厅来,县主大喜,便问:"你三人弓箭,是何人传授?"王贵道:"是先生。"县主道:"先生是何人?"王贵又道:"是师父。"县主哈哈大笑道:"你武艺虽高,肚里却是不通。是你的师父,姓甚名谁?"汤怀忙上前禀道:"家师是关西人,姓周,名侗。"县主道:"令业师就是周老先生?他是本县的好友,久不相会,如今却在此间?"汤怀道:"现在下边茶篷内。"县主听了,随即差人同着三人来请周侗相见,一面就委衙官看众人比箭。

不多时,周侗带了岳飞到演武厅来,李春忙忙下阶迎接。见了礼,分宾主坐下。县主道:"大哥既在敝县设帐,不蒙赐顾,却是为何?"周侗道:"非是为兄的不看望,麒麟村的居民,喜欢兴讼,若为兄的到贤弟衙里走动了,就有央说人情等事。贤弟若听了情分就坏了国法,不听又伤了和气,故此不来为妙。"李春道:"极承见谅了!"周侗道:"别来甚久,

不知曾生下几个令郎了?"县主道:"先室已经去世,只留下一个小女,十五岁了。"周侗道:"既无公子,是该续娶的。"县主道:"小弟因有些贱恙,不时举发,所以不敢再娶,未知大哥的嫂嫂好吗?"周侗道:"也去世多年了。"李春道:"曾有令郎否?"周侗把手一招,叫声:"我儿,可过来见了叔父。"岳飞应声上前向着县主行礼。李春看了一笑道:"大哥又来取笑小弟了!这样一位令郎,是大哥几时生的?"周侗道:"不瞒老弟说,令爱是亲生,此子却是愚兄螟蛉的,名唤岳飞,请贤弟看他弓箭如何?"李春道:"令徒如此,令郎一定好的,何须看得?"周侗道:"贤弟,此乃为国家选取英才,是要从公的。况且也要使大众心服,岂可草草任情呢?"李春道:"既如此,叫从人将垛子取上来些。"岳飞道:"再要下些。"县主道:"就下些。"从人答应。岳飞又禀:"还要下些。"李春向周侗道:

"令郎能射多少步数?"周侗道:"小儿年纪虽轻,却开得硬弓,恐要射到二百四十步。"李春口内称赞,心里不信,便吩咐:"把箭垛摆到二百四十步。"

列位要晓得,岳大爷神力是周先生传授的"神臂弓",能开三百余斤,并能左右开,李县主如何知道! 看那岳大爷走下阶去,立定身,拈定弓,搭上箭,嗖嗖连发了九支。那打鼓的,从第一支箭打起,直打到第九支,方才住手。那下边这些看考的众人齐声喝彩,把那各村镇的武童都惊呆了。就是三个员外,同着汤怀、张显、王贵三人在茶篷内看了,也俱拍手称赞。只见那带箭的,连着这块泥并九支箭,一总捧上

来禀道："这位相公，真个稀奇！九支箭从一孔中射出，箭攒斗上。"

李春大喜道："令郎青春几岁了？曾完姻否？"周侗道："虚度二八，尚未定亲。"李春道："大哥若不嫌弃，愿将小女许配令郎，未识尊意允否？"周侗道："如此甚妙，只恐高攀不起。"李春道："相好弟兄，何必客套。小弟即此一言为定，明日将小女庚帖送来。"周侗谢了，即叫岳飞："可过来拜谢了岳父。"岳飞即上来拜谢过了。周侗暗暗欢喜，随即作揖起身道："另日再来奉拜。"李春道声："不敢，容小弟奉屈来衙一叙。"周侗回道："领教。"遂别了李春，同岳飞下演武厅来。到篷内，同了众员外父子们，一齐出城回村。

且说那李知县到了次日，将小姐的庚帖写好，差个书吏送到周侗馆中去。周侗接到，便递与岳飞，岳飞带回家中，与母亲说知，安人大喜。

这边周侗，封了一封礼物，送与书吏道："有劳远来，无物可敬，这是代饭，莫嫌轻亵！"书吏道声："不敢。"收了礼物，称谢告别回去。后来岳大爷就娶了李县主的小姐做夫人。

枪挑小梁王

话说，岳飞、汤怀、张显、牛皋、王贵五个人，到汴京来考试。下了客店以后，岳飞便带了刘节度的信，来见留守宗泽。宗泽试了试他武艺，果然高强出众，心里十分欢喜。便道："贤契武艺超群，堪为大将，但是那些行兵布阵之法也曾温习否？"岳大爷道："按图布阵乃是固执之法，亦不必深究。"宗爷听了这话，心上觉得不悦，便道："据你这等说，古人这些兵书、阵法，都不必用了？"岳大爷道："摆了阵，然后交战，此乃兵家之常——但不可执死不变。古时与今时不同，战场有广狭险易，岂可用一定的阵图？夫用兵大要，须要出奇，使那敌人不能测度我之虚实，方可取胜。倘然敌人仓促而来或四面围困，那时怎得工夫摆布了阵势，再与他厮杀。用兵之妙，只要以权济变，全在一心也。"

宗爷听了这一番议论道："真乃国家栋梁，刘节度可谓识人！但是贤契，早来三年固好，迟来三年也好，此时真正不凑巧！"岳大爷道："不知大老爷何故忽发此言？"宗爷道："贤契不知，只因现有个藩王，姓柴名桂，乃是柴世宗嫡派子

孙,在滇南南宁州,封为小梁王。因来朝贺当今天子,不知听了何人言语,今科要在此夺取状元。不想圣上点了四个大主考:一个是丞相张邦昌,一个是兵部大堂王铎,一个是右军都督张俊,一个就是下官。那柴桂送进四封书、四份礼物来。张丞相收了一份,就把今科状元许了他了;王兵部与张都督也收了;只有老夫未曾收他的。如今他三个做主,要中他做状元——所以说不凑巧。"岳大爷道:"此事还求大老爷做主!"宗爷道:"为国求贤,自然要取真才——但此事有些周折……今日本该相留贤契,再坐一谈,只恐耳目招摇未便。且请回寓,待到临期之时,再作道理便了。"

到了进场前一天的晚上,店主人将夜饭送上楼来。岳大爷道:"主人家,我等三年一望,明日是十五了,要进场去的,可早些预备饭来与我们吃。"店主人道:"相公们放心!我们店里,有许多相公,总是明早要进场的。今夜我们家里,一夜不睡的。"岳大爷道:"只要早些就是了。"弟兄们吃了夜饭,一同安寝。

到了四更时分,主人上楼,相请梳洗,众弟兄即起身来梳洗。吃饭已毕,各个端正披挂。但见汤怀白袍银甲,插箭弯弓;张显绿袍金甲,挂剑悬鞭;王贵红袍金甲,浑如一团火炭;牛皋铁盔铁甲,好似一朵乌云;只有岳大爷,还是考武举时的破旧战袍。看他兄弟五个,袍甲索琅琅的响,一同下楼来,到店门外,各人上马。只见一个走堂的小二,拿着一盏灯笼,高高地擎起送考。众人正待起身,只见又一个小二,左手托个糖果盒,右手提着一大壶酒。主人便叫:"各位相公,请吃上马杯,好抢个状元回去。"每人吃了三大杯,然后一齐拍马往校场而来。

到得校场门首，众弟兄一齐进了校场，只看各省举子，先来的、后到的，人山人海，拥挤不开。岳大爷道："此处人多，不如到略静的地方去站站。"就走过演武厅后首站了。停了一会，看看天色渐明，那九省四郡的好汉俱已到齐。只见张邦昌、王铎、张俊，三位主考，一齐进了校场，到演武厅坐下。不多时，宗泽也到了。上了演武厅，与三人行礼毕，坐着用过了茶。

宗爷心里暗道："他三人主意已定，这状元必然要中梁王，不如传他上来先考。"便叫旗牌："传那南宁州的举子柴桂上来。"旗牌答应一声"呀！"，就走下来，大叫一声："大老爷有令，传南宁州举子柴桂上厅来听令。"那梁王答应一声，遂走上演武厅来，向上作了一揖，站在一边听令。宗爷道："你就是梁王吗？"梁王道："是。"宗爷道："你既来考试，为何参见不跪，如此作大吗？自古道'作此官，行此礼'。你若不考，原是一家藩王，自然请你上坐。今既来考试，就降作举子了。哪有举子见了主考不跪之理？你好端端一个藩王不要做，不知听信哪一个奸臣的言语，反自弃大就小来夺状元，有什么好处！况且今日天下英雄，俱齐集于此，内中岂无高强手段，倍胜于你，怎能稳稳状元到手？你不如休了此心，仍回本郡，完全名节，岂不为美？快去想来！"梁王被宗爷一顿发作，无可奈何，只得低头跪下，开口不得。

那张邦昌看见，急得好生焦躁："也罢！待我也叫岳飞

上来,骂他一场,好出气。"便叫:"旗牌过来。"旗牌答应上来道:"大老爷有何吩咐?"张邦昌道:"你去传那汤阴县的举子岳飞上来。"旗牌答应了一声,就走将下来,叫一声:"汤阴县岳飞上厅听令。"岳飞听见,连忙答应上厅,看见柴王跪在宗爷面前,他就跪在张邦昌面前叩头。邦昌道:"你就是岳飞吗?"岳飞应声道:"是。"邦昌道:"看你这般人不出众,貌不惊人,有何本事,要想做状元吗?"岳飞道:"小人怎敢妄想做状元——但今科场中,有几千举子,多来考试,哪一个不想做状元? 其实状元只有一个,那几千人哪能个个状元到手? 武举也不过随例应试,怎敢妄想?"张邦昌本待要骂他一顿,不道被岳大爷回出这几句话来,怎么骂得出口? 便道:"也罢,先考你二人的本事如何再考别人。且问你用的是什么兵器?"岳大爷道:"是枪。"邦昌又问梁王:"用何兵器?"梁王说:"是刀。"邦昌就命岳飞做《枪论》,梁王做《刀论》。二人领命下来,就在演武厅两旁,摆列桌子纸笔,各去作论。若论柴桂才学,原是好的,因被宗泽发作了一场,气得昏头奄脑。下笔写了一个"刀"字,不觉出了头,竟像了个"力"字,自觉心中着急,只得描上几笔,弄得刀不成刀,力不成力,只好涂去另写几行。不期岳爷早已上来交卷,梁王谅来不妥当,也只得上来交卷。邦昌先将梁王的卷子一看,就笼在袖里;再看岳飞的文字,吃惊道:"此人之文才,比我还好,怪不得宗老头儿爱他。"乃故意喝道:"这样文字,也来抢状元!"把卷子望下一掷,喝一声:"拿出去!"左右呼的一声,拥将上来,正待动手,宗爷呼唤一声:"不许动手,且住着!"左右人役,见宗大老爷呼唤,谁敢违令?便一齐站住。宗老爷吩咐:"把岳飞的卷子取上来我看。"左右又怕张太师发作,面面相觑,多不敢去拾。岳大爷只得自己取了卷子,呈上宗爷。宗爷接来放于桌上展开细看,果然是言言比金石,字字

赛珠玑。暗想:"这奸贼如此轻才重利。"也把卷子笼在袖里。

张邦昌道:"岳飞,且不要说你的文字不好,今问你敢与梁王比箭吗?"岳大爷道:"老爷有令,谁敢不遵?"宗爷心中暗喜:"若说比箭,此贼就上了当了!"便叫左右:"把箭垛摆列在一百数十步之外。"梁王看见靶子甚远,就向张邦昌禀道:"柴桂弓软,先让岳飞射罢。"邦昌遂叫岳飞下阶先射,又暗暗地叫亲随人去将靶子移到二百四十步,令岳飞不敢射,就好将他赶出去了。谁知道岳大爷却不慌不忙,立定了身,当天下英雄之面,开弓搭箭。真个是"弓开如满月,箭发似流星",嗖嗖的一连射了九支。只见那摇旗的,摇一个不住,擂鼓的,擂得个手酸,方才射完了。那监箭官,将九支箭连那射透的箭靶,一齐捧上厅来跪着。张邦昌看那九支箭并那靶子一总摆在地下,只听得那官儿禀道:"这举子箭法出众,九支箭俱从一孔而出。"邦昌等不得他说完,就大喝一声:"胡说! 还不快拿下去。"

那梁王自想:"箭是比他不过了,不若与他比武,以便将言语打动他,令他诈输,让这状元与我。若不依从,趁势把他砍死,不怕他要我偿命。"算计已定,就禀道:"岳飞之箭皆中,倘然柴桂也中了,何以分别高下? 不若与他比武罢。"邦昌听了,就命岳飞与梁王比武。

梁王听了,随即走下厅来,整鞍上马,手提着一柄金背大砍刀,拍马先自往教场中间站定,使开一个门户。叫声:"岳飞,快上来,看孤家的刀罢!"这岳大爷,虽然武艺高强,怕他是个王子,怎好交手,不免心里有些踌躇。勉强上了马,倒提着枪,慢腾腾的懒得上前。那校场中来考的看的,有千千万万,见岳飞这般光景,俱道:"这个举子,哪里是梁王的对手? 一定要输的了!"

且说梁王见岳飞来到面前,便轻轻地道:"岳飞,孤家有一句话与你讲,你若肯诈败下去,成就了孤家大事,就重重地赏你。若不依从,恐你的性命难保。"岳大爷道:"千岁吩咐,本该从命,但今日在此考的,不独岳飞一人,你看天下英雄聚集不少,哪一个不是十载寒窗,苦心学习,只望到此取个功名,荣宗耀祖。今千岁乃是堂堂一国藩王,富贵已极。何苦要占夺一个武状元,反丢却藩王之贵,与这些寒士争名? 岂不上负主上求贤之意,下屈英雄报国之心? 窃为千岁不取,请自三思! 不如还让这些穷举子考罢。"梁王听了大怒道:"好狗头! 孤家好意劝你,你若顺了孤家,岂愁富贵? 反是这等胡言乱语。不中抬举的狗才! 看刀罢!"

说罢,一刀望岳大爷顶门上砍来。岳大爷把枪往左右一隔,架开了刀。梁王又一刀拦腰砍来。岳大爷将枪杆横倒,往右边架住——这原是"鹞子大翻身"的家数,但是不曾使全。恼得那梁王心头火起,举起刀来,铛铛铛,一连六七刀。岳大爷使个解数,叫作"童子抱心势",东来东架、西来西架,哪里会被他砍着?梁王收刀回马,转演武厅来。岳大爷亦随后跟来,看他怎么。

只见梁王下马上厅来,禀张邦昌道:"岳飞武艺平常,怎能上阵交锋?"邦昌道:"我亦见他武艺不及千岁。"宗爷见岳飞跪在梁王后头,便唤上前问道:"你这样武艺,怎么也想来争功名?"岳飞禀道:"武举非是武艺不精,只为与梁王尊卑之分,不敢交手。"宗爷道:"既如此说,你就不该来考了。"岳大爷道:"三年一望,怎肯不考?但是往常考试,不过跑马、射箭、舞剑、使刀,以品优劣。如今与梁王刀枪相向,走马交锋,岂无失误?他是藩王尊位,倘然把武举伤了,武举白送了性命。设或武举偶然失手伤了梁王,梁王怎肯甘休?不但武举性命难保,还要拖累别人。如今只要求各位大老爷做主,令梁王与武举各立下一张生死文书,不论哪个失手伤了性命,大家不要偿命,武举才敢交手。"宗爷道:"这话也说得是。自古道:'壮士临阵,不死也要带伤。'哪里保得定?柴桂你愿不愿?"梁王尚在踌躇,张邦昌便道:"岳飞好一张利嘴!看你有甚本事,说得这等决绝!千岁可就同他立下生死文书,倘他伤了命,好叫众举子心服,免得别有话说。"梁王无奈,只得各人把文书写定,大家画了花押,呈上四位主考,各用了印。梁王的交与岳飞,岳飞的交与梁王。梁王就把文书交与张邦昌,张邦昌接来收好。岳大爷看见,也将文书来交与宗泽。宗爷道:"这是你自家的性命交关,自然自家收着。与我何涉,却来交与我收? 还不下去。"岳大爷连声道:"是! 是! 是!"

两个一齐下厅来,岳大爷跨上马,叫声:"千岁! 你的文书交与张太师了,我的文书宗老爷却不肯收,且等我去交在一个朋友处了就来。"一面说,一面去寻着了众弟兄们,便叫声:"汤兄弟,倘若停一会,梁王输了,你可与牛兄弟守住他的帐房门首,恐他们有人出来打攒盘,好照应照应。"又向张显道:"贤弟,你看帐房后边尽是他的家将,倘若动手帮助,你可在那里拦挡些。王贤弟,你可整顿兵器,在校场门首等候我,若是被梁王砍死了,你可收拾我的尸首。这一张生死文书与我好生收着,倘然失去,我命休矣!"吩咐已毕,转身来到校场中间。那时节,这些来考的众举子并那看的人,真个人千人万、挨挨挤挤,四面如打着围墙一般站着,要看他二人比武艺。

且说那梁王与岳飞立了生死文书,心里就有些慌张了,急忙回到帐房之中。读者试想,这又不是出征上阵,只不过考武,为什么有起帐房来呢? 一则,他是藩王,比众不同;二来,已经买服奸臣,纵容他胡为,不去管他;三来,他是心怀不善,埋伏家将虞候在内,以备防护。故此搭下这三座大帐房,自己与门客在中间,两旁是家将虞候并那些亲随诸色人等。这梁王来到中间帐房坐定,即唤集家将虞候人等,便道:"本藩今日来此考武,稳稳要夺个状元,不期偏偏遇着这

个岳飞,要与本藩比试。立了生死文书,不是我伤他,就是他伤我。你们有何主见赢得他?"众家将道:"这岳飞有几个头,敢伤千岁?他若差不多些就罢,若是恃强,我们众人一拥而出把他乱刀砍死。朝中自有张太师等做主,怕他怎的?"

梁王听了大喜,重新整齐好了,披挂上马,来到校场中间。却好岳大爷才到。梁王抬起头来,看那岳飞雄赳赳、气昂昂,不比前番胆怯光景,心中着实有些胆怯。叫声:"岳举子,依着孤家好,你若肯把状元让与我,少不得榜眼、探花也有你的份,日后自然还有好处与你。今日何苦要与孤家作对呢?"岳大爷道:"王爷听禀,举子十载寒窗,所为何事？但愿千岁胜了举子,举子心悦诚服。若以威势相逼,不要说是举子一人,天下还有许多举子在此,都是不肯服的!"梁王听了大怒,提起金刀,照岳大爷顶梁上,就是一刀,岳大爷把沥泉枪咯噔一架。那梁王震得两臂酸麻,叫声:"不好!"不由心慌意乱,再一刀砍来。岳大爷又把枪轻轻一举,将梁王的刀,枭过一边。梁王见岳飞不还手,只认他是不敢还手,就胆大了。使开金背刀,就上三下四、左五右六,往岳大爷顶梁颈脖上只顾砍来。岳大爷左让他砍,右让他砍,砍得岳大爷性起,叫声:"柴桂你好不知分量。差不多,全你一个体面,早些去罢了,不要倒了霉呀!"梁王听见叫他名字,怒发如雷,骂声:"岳飞好狗头！本藩抬举你,称你一声举子,你擅敢冒犯本藩的名讳吗？不要走,吃我一刀!"提起金背刀,照着岳大爷顶梁上,呼的一声砍将下来。这岳大爷不慌不忙,举枪一架,枭开了刀,唰的一枪,往梁王心窝里刺来。梁

王见来得厉害，把身子一偏，正中勒甲绦。岳大爷把枪一起，把个梁王，头往下、脚朝天，挑于马下。复一枪，结果了性命。只听得合校场中众举子并那些看的人，齐齐地喝一声彩。急坏了左右巡场官，那些护卫兵丁军夜班等，俱吓得面面相觑。巡场官当下吩咐众护兵："看守着岳飞，不要被他走了。"那岳大爷神色不变，下了马，把枪插在地上，就把马拴在枪杆之上等令。

只见那巡场官，飞奔报上演武厅来道："众位大老爷在上，梁王被岳飞挑死了，请令定夺。"宗爷听了，面色虽然不改，心里却有些惊慌。张邦昌听了大惊失色，喝道："快与我把这厮绑起来！"两旁刀斧手答应一声"得令！"，飞奔下来，将岳大爷捆绑定了，推到将台边来。那时，梁王手下这些家将各执兵器，抢出帐房来，想要与梁王报仇。汤怀在马上把烂银枪一摆，牛皋也舞起双锏，齐声大叫道："岳飞挑死梁王，自有公论，尔等若是恃强，我们天下英雄，是要打抱不平的呢！"那些家将，看见风色不好，回头打探帐后人的消息，才得出来，早被张显把钩连枪，将一座帐房抽去了半边。大声喝道："你们谁敢擅自动手，休要惹我们众好汉动起手来，顷刻间叫你们性命休想留了半个！"当时这些看的人，有笑的、有高声附和的，吓得这些虞候人等，怎敢上前。况且看见刀斧手，已将岳飞绑上去了，谅来太师焉肯放他。只得齐齐地立定，不敢出头。

只有牛皋看见绑了岳大哥，急得上天无路。正在惊慌，忽听得张邦昌传令："将岳飞斩首号令！"左右方才答应，早有宗大老爷喝一声："住着！"急忙出位来，一手扯了张邦昌的手，一手揽住王铎的手，说道："这岳飞是杀不得的。两人已立下生死文书，各不偿命。你我俱有印信落在他处，若杀了他，恐众举子不服，你我俱有性命之忧。此事必须奏明皇上，请旨定夺才是。"邦昌道："岳飞只是一介武生，敢将藩王挑死，乃是个无父无君之人。古言'乱臣贼子，人人得而诛之'，何必再为启奏？"喝叫："刀斧手，快去斩讫报来！"左右才应得一声"得令！"，得令两字尚未说完，底下牛皋早已听见。大声喊道："呔！天下多少英雄来考，哪一个不想功名？今岳飞武艺高强，挑死梁王，不能够做状元，反要将他斩首，我等实是不服！不如先杀了瘟试官，再去与皇帝老子算账罢！"便把双铜一摆，往那大纛旗杆上铛的一声，两条铜一齐下，不打紧，把个旗杆打折，轰隆一声响，倒将下来。再是众武举齐声喊叫："我们三年一望，前来应试。谁人不望功名？今梁王倚势要强占状元，屈害贤才，我们反了罢！"这一声喊，趁着大旗又倒下，犹如天崩地裂一般。宗爷将两手一放，叫声："老太师，可听见吗？如此悉听老太师去杀他罢了。"

　　张邦昌与那王铎、张俊三人，看见众举子这般光景，慌得手足无措，一齐扯住了宗爷的衣服道："老元戎，你我四人，乃是同船合命的，怎说出这般话来？还仗老元戎调处安顿，方好。"宗爷道："且叫旗牌传令，叫众武举休得啰唣，有犯国法，且听本帅处置。"旗牌得令，走至滴水檐前，高声大叫道："众武举听着，宗大老爷有令，叫你们休得啰唣，有犯国法，静听大老爷裁处。"底下众人听得宗大老爷有令，齐齐地拥满了一阶，竟有好些直挤到武厅上来七张八嘴的。

当下张邦昌便对着宗爷道："此事还请教老元戎如何发放呢？"宗爷道："你看人情汹汹，众心不服，奏闻一事，也来不及。不如先将岳飞放了，先解了眼前之危，再作道理。"三人齐声道："老元戎所见不差。"吩咐："把岳飞放了绑！"左右答应一声"得令！"，忙忙地将岳大爷放了。岳大爷得了性命，也不上前去叩谢，竟去取了兵器跳上了马，往外飞跑。牛皋引了众兄弟随后赶上，王贵在外边看见，忙将校场门砍开，五个兄弟一同出来。这些来考的众武举，见了这个光景，谅来考不成了，大家也一哄而散。

岳飞报恩

话说，岳飞和汤怀、王贵、张显、牛皋四人，投汴京考试武状元，不料奸臣张邦昌、王铎等私受贿赂，决意要把武状元给小梁王柴桂，因此岳飞把小梁王挑死。当下张邦昌要岳飞抵罪，幸而宗泽做主把岳飞放了，岳飞才得脱身而走。张邦昌回朝劾奏一本，宗泽奉旨削职。宗泽倒并不在意，及回到府中，闻岳飞等已经出城回去，遂立刻吩咐家将道："快到里边抬了我的卷箱出来，同我前去追赶。"家将道："他们已经去远了，大老爷何故要赶他？"宗爷道："尔等哪里晓得？昔日萧何月下追贤，成就了汉家四百年天下，今岳飞之才胜于韩信。况国家用人之际，岂可失此栋梁？故要赶上他，吩咐他几句话。"当时家将忙去把卷箱抬出来，宗爷又取些银两，带领着众从人，一路赶来。

且说岳大爷等出了城门，加鞭拍马，急急而行。牛皋道："到了此处，还怕他怎的？要如此忙忙急急地走。"岳爷道："兄弟你有所不知，方才那奸臣怎肯轻放了我，只因宗恩师做主，众人喧嚷，恐有不测，将我放了。我们若不急走，倘那奸贼又生出别端来，再有意外之虞，岂不悔之晚矣？"众人齐声道："大哥说得不差，我们快走的是。"一路说，一路行，不多时，早已太阳西下，月儿东升。

众人乘着月色，离城将有二十余里远近，忽听得后面马嘶人喊，追风般赶来。岳大爷道："如何？后面必是梁王的家将们追将来了。"王贵道："哥哥，我们不要行。等他来，索性叫他做个断根绝命罢。"牛皋道："众哥哥们不要慌，我们都转去，杀进城去，先把奸臣杀了，夺了汴京，岳大哥就做了皇帝，我们四个都做了大将军，岂不是好？还要受他们什么呆气？还要考什么武状元？"岳大爷喝道："胡说！你敢是疯了吗？快闭了嘴！"牛皋硬着嘴道："就不开口，等他们兵马赶来时，手也不要动，伸长了脖子，等他砍了就是！"汤怀道："牛兄弟，你忙做什么？我们且勒住了马，停一停，不要走。看他们来时，文来文对，武来武对。终不然，难道怕了他吗？"

正说间，只见一骑马如飞般跑来，大叫道："岳相公慢行，宗大老爷来了！"岳大爷道："原来是恩师赶来，不知何故？"不多时，只见宗爷引了众人赶来，众兄弟连忙下马，迎上马来，跪拜于地。宗泽连忙下马，双手扶起。岳爷道："门生等蒙恩师救命之恩，未能报答，今因逃命之急，故此不及面辞。不知恩师赶来有何吩咐？"宗爷道："因为你们之事，被张邦昌等劾奏一本，降下圣旨，将老夫削职闲居，因此特来一会。"众人听了，再三请罪，甚觉不安。宗爷道："贤契们不必介怀，只恐朝廷放我不下，如果真个许我休官，老夫倒得个安闲自在。"遂问家将："此处可有什么所在？借他一宿。"家将禀道："前去不下半里，乃是谏议李大爷的花园，可以借宿的。"宗爷听说，便同众人上马前行。

不多路，已到花园。园公出来跪接。宗大爷同小弟兄等一齐下马，进入园中，到花厅坐下。就问园公道："我们都是空腹，此地可有地方备办酒肴吗？"园公道："此去一里多路，就是昭丰镇——有名的大市镇。随你要买什么东西，也有厨司替人整备。"宗爷就命亲随带了银两，速到镇上去购办酒肴，带个厨司来整备。一面叫人抬过卷箱来，交与岳飞，说道："老夫无甚物件，只有一副盔甲衣袍，赠与贤契，以表老夫薄意。"岳大爷正少的是盔甲，不觉大喜，叩头谢了。宗爷又道："贤契们，目下虽是功名不遂，日后自有腾达，不可就此灰了心。倘若奸臣败露，老夫必当申奏朝廷，力保贤契们重用。那时如鱼得水，自然日近天颜。如今且回家去侍奉父母，尽个孝字。文章武艺亦须时时讲论，不可因不遇便荒疏了，误了终身大事。"众弟兄齐声应道："大老爷这般教训，门生等敢不努力！"说话未了，酒筵已备就送来，摆了六席。众人告过坐，一齐坐定。自有众人服侍斟酒，共谈时事，并讲论些兵法。

那王贵、牛皋是坐在下席，他二人自五鼓吃了饭，在校场守了这一日，直到此处，肚中正是饥饿。见了这些酒肴，也不听他们谈天说地，好似渴龙见水，如狼似虎地吃个精光，方才住手。不道那厨司因晚了，手忙脚乱，菜蔬内多下了些盐,这两个吃得嘴咸了,只管讨茶吃。那茶夫叫道:"伙计,你看不出上边几席,斯斯文文的,这两席上的二位,粗粗蠢蠢,不是个吃细茶的人。你只管把小杯熟茶送去,不讨好。你且把那大碗的冷茶送上去,保管合式。"那人听了,真个把一大碗冷茶送将上去。王贵好不快活,一连吃了五六碗说道:"好爽快!"方才住了手,重新再饮。说说笑笑,不觉天色黎明。岳大爷等拜别了宗爷,宗爷又叫从人:"把那骑来的牲口,让一匹与岳大爷,驮了卷箱。"岳大爷又谢了,辞别上路而行。

这里宗爷亦带领从人回城。不表。

再说岳大爷等五人,一路走,一路在马上说起宗泽的恩义:"真是难得!为了我们反累他削了职,不知在何日方能报他?"正说间,忽然王贵在马上大叫一声,跌下马来。顷刻间,面如土色,牙关紧闭,众皆大惊,连忙下马来,扶的扶,叫的叫。吓得岳大爷大哭叫道:"贤弟呀!休得如此,快些苏醒!"连叫数声,总不见答应。岳大爷哭声:"贤弟呀!你功名未遂,空手归乡,已是不幸;若再有三长两短,叫为兄的回去,怎生见你令尊令堂之面?"说罢,又痛哭不止。众人也各慌张。牛皋道:"你们不知王家哥哥原没有病的,想是昨夜吃了些东西,灌下几碗冷茶,肚里发起胀来,待我来替他医医看。"便将手去王贵肚皮上,揉了一会,只听得王贵肚里边咕噜噜的,犹如雷鸣一般,响了一会,忽然放了许多臭水出

来,再揉几揉,竟撒出粪来,臭不可当。王贵微微苏醒,呻吟不绝。众人忙将衣服与他换了。岳大爷道:"我们且在此暂息片时。汤兄弟可先到昭丰镇上去,端正了安歇地方,以便调治。"

汤怀答应上马,来到镇上,但见人烟热闹,有几个客店挂着灯笼。左首一边店主人,看见汤怀在马上东张西望,便上前招接道:"客官莫非要投宿吗?"汤怀便跳下马来,把手一拱道:"请问店主贵姓?"店主道:"小人姓方,这里昭丰镇上有名的方老实,从不欺人的。"汤怀道:"我们有弟兄五个,是进武场的。因有一个兄弟伤了些风寒，不能行走，要借歇几天，养病好了方去，可使得吗？"方老实道："小人开的是歇店，便又何妨？家里尽有干净的屋，只管请来就是。若是要请郎中，我这镇上也有，不必进城去请的。"汤怀道："如此甚好，我去邀了同来。"遂上马回转，与众兄弟说了。便搀扶了王贵上马，慢慢地行到镇上，在方家客寓住下。当日就烦了方老实去请了个郎中来看。郎中说是饮食伤脾，又感了些寒气，只要散寒消食，不妨事，就可好的。遂撮了两服煎剂。岳大爷封了一钱银子谢了，郎中自去。众弟兄等就安心歇下，调理王贵。

却说这时太行山盗首金刀王善，差人探听梁王被岳飞挑死，圣旨将宗泽削职归农，停止武场。遂传集了诸将军师并一众喽啰，便开言道："目今奸臣当道，军士离心。又幸宗泽削职，朝中别无能人。我欲趁此机会兴兵入汴，夺取宋室江山，你等以为如何？"当下军师田奇便道："当今皇帝因大兴土木，万民愁怨；舍贤用奸，文武不和。趁此时守防懈怠，正好兴兵，不要错过了。"王善大喜，当时就点马保为先锋，偏将何六、何七等带领人马三万扮作官兵模样，分作三队，先期起行。自同田奇等率领大兵随后。一路往汴京进发，并无拦阻。看看来到南薰门外，离城五十里放炮安营。这里守城将士闻报，好不慌张。忙把各城门紧闭，添兵守护，一面入朝启奏。徽宗皇帝忙登金銮大殿宣集众公卿，降旨道："今有太行山贼寇，兴兵犯阙，卿等何人领兵退贼？"当下众臣你看我、我看你，并无一人答应。徽宗大怒，便向张邦昌道："古言养兵千日，用兵一朝。卿等受国家培养多年，今当贼寇临城，并无一人建策退兵。不辜负国家数百年养士之恩吗？"语声未绝，只见班部中闪出一位谏议大夫，出班奏道："臣李纲启奏陛下，王善兵强将勇，久蓄异心。只因畏惧宗泽，故而不敢猖獗。今若要退贼军，须得复召宗泽领兵，方保无虞。"圣上准奏。传旨就命李纲宣召宗泽入朝，领兵剿贼。

　　李纲领旨出朝，就到宗泽府中来。早有公子宗方出来

迎接。李纲道:"令尊现在何处,不来接旨?"公子道:"家父
卧病在床,不能接旨,罪该万死!"李纲道:"令尊不知害的什
么病症? 如今却在何处?"公子道:"自从闹了武场,受了惊
恐,回来染了怔忡之症,如今卧在书房中。"李纲道:"既然如
此,且将这圣旨供在中堂。烦引老夫到书房,去看看令尊如
何?"公子道:"只是劳动老伯不当。"李纲道:"好说。"当时
公子宗方便引了李纲来到书房门首。只听得里边鼾声如
雷,李纲道:"幸是我来,若是别人来,又道是欺君了。"公子
道:"实是真病,并非假作。"说未了,只听得宗泽叫道:"好奸
贼呀!"翻身复睡。李纲道:"令尊既是真病,待我复了旨

罢。"抽身出来，公子送出大门。

李纲回至朝中俯伏奏道："宗泽有病，不能领旨。"徽宗道："宗泽害何病症，可即着太医前去医治。"李纲奏道："宗泽之病，因前日闹了武场，受了惊恐，削了官职，愤恨填胸，得了怔忡之症，恐药石一时不能疗治。"臣见他梦中大骂奸臣，此乃他的心病，必须心药医治。若万岁降旨，将奸臣拿下，则宗泽之病便不药自愈了。"徽宗便问："谁是奸臣？"李纲方欲启奏，只见张邦昌俯伏奏道："兵部尚书王铎，乃是奸臣。"朝廷准奏。即传旨将王铎拿下，交与刑部监禁。读者，你道张邦昌为甚反奏王铎，将他拿下？要晓得奸臣是要有才情的方做得。他恐李纲奏出他三个，一连拿下，便难挽回了。今他先奏，把王铎拿下，放在天牢内，寻个机会就可救他出来的。李纲想道："这个奸贼却也知窍。也罢，谅他也改悔前非了。"遂辞驾出朝，再往宗泽府中来。这个宗泽见李纲复命，慌忙差人打听动静。早已报知，朝廷现将王铎拿下天牢，今李纲复来宣召。只得出来接旨，到大厅上，李纲将张邦昌先奏拿下王铎之事，一一说知。宗泽道："只是太便宜了这奸贼。"两人遂一同出了府门，入朝见驾，朝廷即复了宗泽原职，领兵出城退贼。张邦昌奏道："王善乌合之众，陛下只消发兵五千与宗泽前去，便可成功。"朝廷准奏，命兵部发兵五千与宗泽，速去退贼。宗泽再要奏时，朝廷已退朝进宫去了，只得退出朝门。向李纲道："打虎不着，反被虎伤。如何是好?"李纲道:"如今事已至此,老元戎且请先领兵前去。待我明日再奏圣上,添兵接应便了。"当时二人辞别,各自回府。

到了次日,宗爷到校场中,点齐人马,带领公子宗方一同出城。来到牟驼冈,望见贼兵约有四五万,因想:"我兵只有五千,怎能敌得他过?"便传令将兵马齐上牟驼冈上扎营。宗方禀道:"贼兵众多,我兵甚少。今父亲传令于冈上安营,倘贼兵将冈围困,如何解救?"宗泽拭泪道:"我儿,为父的岂不知天时地利?奈我被奸臣加害,料想五千人马怎能杀退这四五万喽啰?如今扎营于此,我儿好生固守,待为父的单枪独马杀入贼营。若得侥幸杀败贼兵,我儿即率兵下冈助阵。倘为父的不能取胜,死于阵内,以报国恩,我儿可即领兵回城,保你母亲家眷回归故乡,不得留恋京城。"吩咐已毕,即匹马单枪出本营,要去独踹金刀王善的营盘。这宗爷平日间,最是爱惜军士的。众人见他要单枪独骑去踹贼营,就有那随征的千总、游击、百户队长,一齐拦住马前道:"大老爷要往哪里去?那贼兵势大,岂可轻身以蹈虎穴?即使要去,小将们自然效死相随,岂有让大老爷一人独去之理?"宗泽道:"我岂不知贼兵众盛?就带你们同去亦无济于事。不若舍吾一命,保全尔等罢。"众军士再三苦劝,宗爷哪里肯听。遂一马冲入贼营,大叫一声:"贼兵挡我者死!避我者生!看宗爷来踹营也!"

这些众喽啰听见,抬头看时,但见宗老爷:头带铁幞头,身披乌油铠,内衬皂罗袍;坐下乌骓马,手提铁杆枪,面如锅底样;半脸白胡须,好似天神降。

那宗老爷把枪摆一摆,杀进营来。人逢人倒,马过马伤。众喽啰哪里抵挡得住?慌得报进中营道:"启大王,不好了!今有宗泽单枪匹马蹿进营来,十分厉害,无人抵挡,请大王定夺。"王善心中想道:"那宗泽乃宋朝名将,又是忠臣。今单身杀进营来,必然是被奸臣算计,万不得已,故此拼命。孤家若得此人归顺,何愁江山不得到手?"就命大小三军:"速去迎敌,只要生擒活捉,不许伤他性命!"众将答应一声"得令!",就将宗泽老爷围拢来,大叫:"宗泽,此时不下马,更待何时?"一面喊,一面把宗爷围在垓心。

却说这时昭丰镇上,王贵病体略好,想要喝茶。岳大爷叫:"汤怀兄弟,你可到外边去与主人家讨一杯茶,与王兄弟吃。"汤怀答应一声,走到外边来,连叫了几声,并没有人答应。只得自己到炉子边去,扇了一会儿,等得滚了,泡了一碗茶。方欲转身,只听得推门响,汤怀回头看时,却是店主人同着小二两个,慌慌张张地进来。汤怀道:"你们哪里去了?使我叫了这半天,也不见个人影儿。"店主人道:"正要与相公说,今有太行山大盗起兵来抢都城。若是破了城池,倒也罢了。倘若被官兵杀败了,转来就要逢村抢村、遇镇抢镇,受他的累。因此我们去打听打听消息,倘若风色不好,我们这里镇上人家都要搬到乡间去躲避。相公们是客人,也要收拾收拾,早些回府的妙。"汤怀道:"原来有这等事!不妨的,那些强盗若晓得我们在此,绝不敢来的。恐怕晓得了,还要来纳些进奉,送些盘缠来与我们哩!"这店小二努着嘴道:"霹雳般的事,这相公还讲着没气力的闲话。"汤怀笑了一笑,自拿了茶走进来,递与王贵吃了。

  岳大爷便问:"汤兄弟,你去取茶,怎去了这许多时?王兄弟等着吃,等得他心焦。"汤怀便将店主人的话说了一遍。岳大爷便叫店主人进来,问道:"你方才这些话,是真是假?恐怕还是讹传?"店主人道:"千真万确。朝廷已差官兵前去征剿了。"岳大爷道:"既如此,烦你与我快去做起饭来。"店主人只道他们要吃了饭起身回去,连忙答应了一声,如飞往外边去做饭。

岳大爷对众兄弟道："我想朝廷差官领兵，必然是恩师宗大人。"汤怀道："哥哥何以见得？"岳大爷道："朝廷俱是奸臣，贪生怕死的，哪里肯冲锋打仗？只有宗大人肯实心为国的。依愚兄主意，留牛兄弟在此相伴王兄弟，我同着二位兄弟前去打探。若是恩师，便助他一臂。若不是，回来也不迟。"汤、张二人听了，好不欢喜。牛皋就叫将起来道："王哥哥的病已好了，留我在此做什么？"岳大爷道："虽然好了，没有个独自丢他一个在此的。为兄的前去相助恩师，只当与贤弟同去一样。"牛皋再要开言，王贵将手暗暗地在牛皋腿上捻了一把。牛皋便道："什么一样不一样，不要我去

81

就罢!"

正说之间,店小二送进饭来。王贵本不吃饭,牛皋赌气也不吃。三个人吃了饭,各自披挂了,提着兵器出店门上马而去。这里牛皋便问:"王哥哥,你方才捻我一把做什么?"王贵道:"你这呆子!大哥既不要你去,说也徒然。你晓得我为何生起病来?"牛皋道:"我不晓得。"王贵道:"我对你说了罢,只因我那日在校场中,不曾杀得一个人,故此生出病来。你不听,如今太行山贼寇去抢夺京城,必然人多在那里。我捻你这一把,叫你等他三个先去,我和你随后赶去,不要叫大哥晓得,杀他一个畅快。只当是我病后吃一料大补药,自然全好了。你道我该去不该去。"牛皋拍手道:"该去该去!"于是二人把饭来吃了,披挂端正,托店主人照应行李:"我们去杀退了贼兵就来。"出门上马,提着兵器,亦往南薰门而来。

且说岳大爷三人先到牟驼冈,抬头观看,果然是宗泽的旗号。岳大爷叫声:"哎哟!恩师精通兵法的,怎么扎营在冈上?此乃不祥之兆。我们且上冈去,看是如何。"三人乘马上冈。早有小校报知宗公子,下冈相迎,接进营中。岳大爷便问:"令尊大人素练兵术,精通阵法,却为何结营险地?倘被贼兵困绝汲水运粮之道,如何是好?"宗方泪流两颊,便道:"被奸臣陷害,不肯发兵。老父满拼一死以报朝廷,故而驻兵于此,匹马单枪,已踹入贼营去了。"岳大爷道:"既如

此,公子可速为接应！待愚弟兄下去,杀入贼营内,救出恩师便了。"便叫:"汤兄弟可从左边杀进,张兄弟可从右边杀进,愚兄从中央冲入,如有哪个先见恩师的,即算头功。"汤怀道:"大哥,你看这许多贼兵,一时哪里杀得尽?"岳大爷道:"贤弟,我和你只要擒拿贼首,救出恩师,以酬素志,何必虑那贼兵之多寡?"二人便道:"大哥说得是。"

他们三个人便吼了一声,奋勇前进。汤怀舞动这管烂银枪,从左边杀进营中,那些喽啰怎能抵挡得住？这张显把手中钩连枪摆开,从右边杀进去,横冲直撞,杀得喽啰马仰人翻,神号鬼哭。那岳大爷:头戴着烂银盔,身披着锁子甲,银鬃马,正似白龙戏水；沥泉枪犹如风舞梨花。浑身雪白,遍体银装。马似掀天狮子,人如立地金刚。枪来处,人人命丧；马到时,个个身亡。到了营中,大叫:"岳飞来也！"

这时宗爷被众贼困在中央,杀得气喘不住。但听得那些贼兵口中声声只叫:"宗泽,俺家大王有令,要你归降,快快下马,免你一死!"正在危急之际,猛听得一片喊声齐叫道:"抢挑小梁王的岳飞杀进来了!"宗老爷暗想:"这岳飞已回去,难道是梦里不成?"正在疑惑,只听得一声呐喊,果然岳飞杀到面前。宗泽大喜,高叫:"贤契,老夫在这里。"岳大爷上前叫声:"恩师,门生来迟,望乞恕罪!"话声未绝,只见汤怀从左边杀来,张显从右边杀来。岳大爷便叫:"二位兄弟,恩师在此,且并力杀出营去!"宗爷此时好生欢喜,四个人并力一堆,逢人便杀,好似砍瓜切菜一般。

不道那牛皋、王贵,恐怕那些贼兵被他三个杀完了,因此急急赶来。将到营门,抬头一望,满心欢喜,说道:"还有!还有!"王贵道:"牛兄弟,且慢些上来,等我先上去吃两贴补药,补着精神!"牛皋道:"王哥,你是病后,且让我先上去燥燥脾胃!"说罢,他便拍着乌骓马,舞动双铁锏,凶狠似玄坛

再世！那王贵骑着红马，使开大刀，猛如关帝临凡。一齐杀入营来，真个是人逢人倒，马遇马伤。那些喽啰快报与王善道："启上大王，不好了！前营杀进三个人来，十分厉害！不道背后又有一个红人，一个黑人杀进来，凶恶得紧！无人抵敌，请令定夺。"王善听了大怒，叫："备马来！待我亲自去拿他。"左右答应一声"得令！"，带马的带马，抬刀的抬刀。王善忙忙上马，提刀冲出营中。喽啰吆喝一声："大王来了！"王贵看见，便道："妙呀！大哥哥常说'射人先射马，擒贼必擒王。'"就一马当先，径奔王善。牛皋大叫："王哥哥，不要动手，这贴补药我要吃的！"这一声喊，犹如半空里起个霹雳。王善吃了一惊，手中金刀松得一松，早被王贵一刀，连肩带背砍于马下。王贵下马取了首级，挂在腰间。看着王善这口金刀好不中意，就把自己的刀撇下，取了金刀，跳上马来。牛皋见了，急得心头火起，便想："我也要寻一个这样的杀杀，才好出气！"便舞开双锏，逢着便打。正在发疯，早被岳大爷看见，心中暗想："难道他撇了王贵，竟自前来不成？"正要上前来问，忽见王贵腰挂着人头，从斜刺里将贼将邓成追下来，正遇岳大爷马到，手起一枪，邓成翻身落马，复一枪，结果了性命。田奇举起方天画戟正待来救，被牛皋左手一锏，挑开了画戟，右手一锏，把田奇的脑盖打得粉碎，跌下马来，眼见得不活了。那些众贼兵看见主帅、军师已死，料难抵挡，纷纷奔逃。

山顶上宗方公子看见贼营已乱，领军冲下，直抵贼营乱杀。众贼乞降者万余，杀死者不计其数，逃生者不上千人。宗泽吩咐鸣金收军，收拾遗弃的旗帐衣服、兵器、粮食，不计其数。又下令将降兵另行扎营住下，自己择地安营，等待次日进城。

岳飞等拜辞宗泽，即欲起身回去。宗泽道："贤契等有此大功，岂宜就去？待老夫明日进朝奏过天子，自有好音。"岳飞应允，就在营中歇了一夜。到了次日，宗爷带领兄弟五人来到午门。宗爷入朝，俯伏金阶启奏道："臣宗泽奉命领兵杀贼，被贼兵围困，不能冲出。幸得汤阴县岳飞等弟兄五人杀入重围，救了臣命，又诛了贼首王善，并杀了贼将邓成、军师田奇等，俱有首级报功。降兵一万余人，收得车马、粮草、兵械不计其数，候旨发落。"徽宗听奏大喜，传旨命宗泽平身，宣岳飞等五人上殿见驾。五人俱俯伏，三呼已毕。徽宗就问张邦昌："岳飞等五人，如此大功，当封何职？"邦昌遂奏道："若论破贼，该封大官。只因武场有罪，可将功折罪，权封为承信郎，俟日后再有功劳，另行升赏。"徽宗准奏。传下旨来，岳飞谢恩退出。又命户部收点粮草，兵部安贮降兵，其余器械财帛尽行入库。各官散班退朝。宗泽心中大怒，暗骂："奸贼！如此妒贤嫉能，天下怎得太平！"

读者，你道这承信郎是什么前程？就是千总把总的小官。故此宗爷十分懊恼。但是圣上听了奸臣之话，已经传旨，亦不好再奏。只得随着众官散朝，含怒回府，只见岳飞等俱在辕门首等候。宗泽忙下马，用手相携，同进辕门，到了大堂坐定。宗泽道："老夫本欲力荐大用，不期被奸臣阻抑。我看此时不是干功名的时候，贤契等不如暂请回乡，再图机会罢了！老夫本欲屈留贤契居住几日，只因自觉惭愧，也不虚邀了。"岳大爷道："恩师大德，门生等没齿不忘。今承台谕，就此拜别。"宗爷虽如此说，心中原是不舍。只因奸臣当道，若留他在京，恐怕别生祸端，只得再三珍重嘱咐，送出辕门。

　　岳大爷弟兄五人辞了宗爷，回到昭丰镇上，收拾行李，别了店主人，一路往汤阴县而去。

陆登自刭

话说，北宋徽宗时候，那北地女真国黄龙府，有个狼主，叫作完颜阿骨打，国号大金。生有五子：大太子名唤粘罕，二太子名唤喇罕，三太子罕答，四太子兀术，五太子泽利。又有左丞相哈哩强，军师哈迷蚩，参谋勿迷西，大元帅粘摩忽，二元帅皎摩忽，三元帅奇温铁木真，四元帅乌哩布，五元帅瓦哩波。管下六国三川地方。每想中国花花世界，一心要夺取宋室江山。一日老狼主登殿，当有番官上殿启道："军师回来了。"老狼主命宣来。当时哈迷蚩上殿，俯伏朝见已毕，奏道："狼主万千之喜！"老狼主道："有何喜事？"哈迷蚩奏道："臣到中国探听消息，老南蛮皇帝，不理朝政，专听那些奸臣用事，贬斥忠良，兼之那些关上，并无好汉保守。今狼主要夺中国，只消拨兵前去，保管一鼓可得。"老狼主闻奏大喜，即择定了十五日吉利日子，往校场中挑选扫南大元帅。出榜通衢，晓谕军民人等，都到校场比武。各官领旨退朝。

到了那日，老狼主摆驾到校场中，来到演武厅上坐下。两边文武官员，朝见已毕。

当下命军民人等比武。结果，要算四太子兀术力气最大。那老狼主即封兀术为昌平王、扫南大元帅，统领六国三川兵马，并军师参谋、左右丞相和各小邦元帅，进兵中原。兀术受命，便拣定吉日，点兵五十万，祭了帅旗，辞别父王，率领人马，浩浩荡荡杀奔中原而来。真个是人如恶虎，马似游龙，旌旗蔽日，金鼓喧天。

在路行了一月有余，到了南朝地界，第一关乃是潞安州。此关有个镇守潞安节度使，姓陆名登，表字子敬，夫人谢氏，只生一子，年方三岁。这位老爷，绰号小诸葛，手下有五千多兵，乃是宋朝名将。这日坐公堂，忽有探子来报："启上大老爷，不好了！今金国差元帅完颜兀术，带领五十万人马，来犯潞安州，离此只有百里之遥了。"陆节度听了，吃了一惊，赏了探子银牌，一面吩咐再去打听。

即时令旗牌出去，把城外百姓，尽行收拾进城居住。把房屋拆了，等太平时，照式造还。又令各营将士上城紧守，又差旗牌到铺中，给偿官价，收买斗缸，每一个城垛，安放一只，命木匠做成木盖盖了。命军士在城上派定五个城垛，砌成灶头三个。又令制造粪桶一千只，桶内装满人粪。又取碗口粗的毛竹一万根，细小竹一万根，及棉花破布万余斤，做成喷筒。一面水关上，下了千斤闸，库中取出铜铁来，画成铁钩样子，叫铁匠照式打造铁钩，缚在网上。又在库内取出数千桶毒药，调入人粪之内，放在城上锅内煎熬，放入缸内,专等番兵到城下,将滚粪泼下。若是番兵粘着此粪,即时烂死。晚上将钩网布在城头之上,以防番兵爬城。

料理已毕,然后亲自修下一道告急本章,差官星夜前往汴京,求朝廷发兵来救应。陆老爷恐怕救兵来迟,失了潞安州不打紧,那时连汴京亦难保守。放心不下,又修了两道告急文书,一道送至两狼关主兵韩世忠处,一道送与河间府太守张叔夜,求他两人发兵前来相助。差人出城去了,陆老爷自家就率领三军,上城保守,昼夜巡查。

话分两头,慢讲陆老爷准备停当。再说兀术领兵,一路滚滚而来,来到了潞安州,离城五十里,放炮安营。陆老爷在城上观看番兵,果然厉害。有的将领要乘金兵初到,出去杀他一番。陆老爷道:"此时彼兵锐气正盛,只宜坚守,等候救兵来到再说。"那时众将士,俱各遵令防守,专等番兵。

且说兀术在牛皮帐中,问军师道:"这潞安州是何人把守?"哈迷蚩道:"这里节度使,是陆登,绰号小诸葛,极善用兵的。"兀术道:"他是个忠臣?还是奸臣?"军师道:"是宋朝第一个忠臣。"兀术道:"既如此,待某家去会会他。"当时随即传下号令,点起五千人马,同着军师,出了营来。众番兵吹着喇叭,打着皮鼓,杀到城下。

陆登吩咐军士:"好生看守城池,待我出去会他一会。"当时下城来,提着枪,翻身上马。开了城门,放下吊桥,一声

炮响,匹马单枪,出到阵前,抬头一看,见那兀术:头戴一顶
金镶象鼻盔,金光闪烁,旁插两根雉鸡毛,左右分飘。身穿
大红织锦绣花袍,外罩黄金嵌就龙鳞甲。坐一匹四蹄点雪
火龙驹,手拿着螭尾凤头金雀斧。好像开山力士,浑如混世
魔王。

兀术大叫一声:"来者莫非就是陆登?"陆登道:"然也。"

那兀术也把陆登一看,但见他:头戴大红结顶赤铜盔,
身穿连环锁子黄金甲。走兽壶中箭比星,飞鱼袋内弓如月。
真个英雄气象,盖世无双,人才出众,豪杰第一!

兀术暗想:"果然中原人物,比众不同。"便开言叫声:
"陆将军! 某家领兵五十万,要进中原去取宋朝天下。这潞
安州乃第一个所在。某家久闻将军是第一个好汉,特来相

劝，若肯归降了某家，就官封王位，不知将军意下如何？"

陆登道："你是何人？通名来。"兀术道："俺乃大金国狼主殿前四太子，官拜昌平王、扫南大元帅完颜兀术的便是。"陆登大喝一声："胡说！天下有南北之分，各守疆界。我主仁德远布，存尔丑类，不加兵刃。尔等妄提无名之师，犯我边疆，劳我师旅，是何道理？"兀术道："将军说话差了！尔宋朝皇帝，肆行无道，去贤用奸，大兴土木，人民怨恨。因此我主兴仁义之师，救百姓于倒悬。将军趁早应天顺人，不失封侯之位。倘若执迷，只恐你这小小城池，不免踏为平地，玉石俱焚。"陆登大怒，喝道："好奴才！休得胡言，照老爷的枪罢。"铛的一枪，望兀术刺来。兀术举起金雀斧，咯噔一响，掀开枪，回斧就砍。陆登抢枪接战，战有五六个回合，哪里是兀术对手，招架不住，只得带转马头便走。兀术从后赶来。陆登大叫："城上放炮！"这一声叫，兀术回马便走。城内放下吊桥，接应陆登进城。陆登对众将道："这兀术果然厉害，尔等可小心坚守，不可轻觑了他。"

且说兀术收兵进营，军师问道："适才陆登单骑败走，太子何不追上前去拿住他？"兀术道："陆登一人出马，必有埋伏，况他大炮打来，还赶他做甚？"军师道："太子言之有理。"

当过了一夜。次日，兀术又到城下讨战。城上将免战牌挂起，随你叫骂，总不出战。守了半个多月，兀术心焦起来，遂命乌国龙、乌国虎去造云梯；令三元帅奇温铁木真，领兵五千打头阵，兀术自领大兵为后队。来到城河，叫小番将云梯放下水，当了吊桥，以渡大兵过河。将云梯向城墙靠起，一字摆开，令小番一齐爬城。将近上城，那城上也没什么动静。兀术想道："必然那陆登逃走了。不然，怎的城上没个守卒？"正揣想间，忽听得城上一声炮响，滚粪打出。那些小番，个个翻下云梯，尽皆跌死。城上军士，把云梯尽皆扯上城去了。兀术便问军师："怎么这爬城军士跌下来尽皆死了，却是为何？"哈迷蚩道："此乃陆登滚粪打人，名为腊汁，粘着一点即死的。"兀术大惊，忙令收兵回营。这里陆登叫军士，将跌死小番取了首级，号令城上。把那些云梯，打开劈碎，又好煎熬滚粪。

兀术在营中与军师商议道："白日爬城，他城上打出粪来，难以躲避，等待黑夜里去，看他怎样？"算计已定。到了黄昏时候，仍旧领兵五千，带了云梯，来到城河边，照前渡过了河，将云梯靠着城墙，令番兵一齐爬将上去。兀术在那黑暗中，看那城上并无灯火，那小番一齐俱已爬进城垛，心中大喜。向军师道："这遭必得潞安州了！"话还未了，只听得城上一声炮响，一霎时，灯笼火把照得如同白日。把那小番的头，尽皆抛下城来。兀术看见，眼中流泪，问军师道："这些小番，怎么被他都杀了？却是为何？"哈迷蚩道："臣也不解其意。"原来那城上是将竹子撑着丝网，网上尽挂着倒须钩，平平撑在城上，悬空张着。那些爬城番兵，黑暗里看不明白，踹在网中，所以尽被杀了。兀术见此光景，不觉大哭起来，众平章相劝回营。兀术思想此城攻打四十余日，不得成功，反伤了许多军士，好不烦恼。

军师看见兀术如此，劝他出营打围散闷。兀术依允，点起军士，带了猎犬鹘鹰，往乱山茂林深处打围。远远望见一个汉子向林中躲去，军师便向兀术道："这林子中有奸细。"兀术就命小番进去搜获。不一时，小番捉得一人，送到兀术面前跪着。兀术道："你是哪里来的奸细？快快说来！若支吾半句，看刀伺候。"

那人连忙叩头说道："小人实是良民，并非奸细，因在关外买些货物，回家去卖。因王爷大兵在此，将货物寄在行家，小人躲避在外。今闻得大王军法森严，不许取民间一草一木，小人得此消息，要到行家取货物去。不知王爷驾来，回避不及，求王爷饶命！"兀术道："既是百姓，饶你去罢。"军师忙叫："主公！他必是个奸细。若是百姓，见了狼主，必然惊慌，哪里还说得出话来。今他对答如流，并无惧色，百姓哪有如此大胆？如今且带他回大营，细问情由，再行定夺。"兀术吩咐小番："先带了那人回营。"兀术打了一会儿围，回到大营坐下，取出那人细细盘问。那人照前说了一遍，一句不改。兀术向军师道："他真是百姓，放了他去罢。"军师道："既要放他，也要将他身上搜一搜。"遂自己走下来，叫小番将他身上细细搜检，并无一物。军师将那人背后一脚，喝声："去罢！"不料后边滚出一件东西。军师道："这就是奸细带的信。"兀术道："这是什么信？如何这般的？"军师道："这叫作蜡丸信。"遂拔出小刀将蜡丸破开，内中果有一团绉纸。摸直了一看，却是两狼关总兵韩世忠送与小诸葛陆登的信。上说"有汴梁节度孙浩，奉旨领兵前来，助守关隘。如若孙浩出战，不可助阵，他乃张邦昌心腹，须要防他反复。即死于番阵，亦不足惜。今特差赵得胜前来通知，伏乞鉴照。"兀术看了，对军师道："这封信没要紧。"军师道："狼主不知这封信虽然平淡，内中却有机密。譬如孙浩提兵前来，与狼主交战，若是陆登领兵来助阵，只消暗暗发兵，一面就去抢城。

倘陆登得了此信，不出来助阵，坚守城池，何日得进此城？"兀术道："既如此，计将安出？"军师道："待臣照样刻起他的印章来，套他笔迹，写一封信教他助阵，引他出来，我这里领大兵，将他重重围住。一面差人领兵抢城，事必成了。"兀术大喜，便叫军师快快打点，命把奸细砍了。军师道："这个奸细，不可杀他。臣自有用处，赏了臣罢。"兀术道："军师要他，领去便了。"

到了次日，军师将蜡丸信做好了，来见兀术。兀术便问："谁人敢拿去？"问了数声，并没人答应。军师道："做奸细，须要随机应变，既无人去，待臣亲自去走一遭罢。臣去时，倘然有甚差失，只要狼主照顾臣的后代罢了。"兀术道："军师放心前去，但愿事成，功劳不小。"

当下哈迷蚩扮作赵得胜一般装束，藏了蜡丸，辞了兀术出营。来到吊桥边，轻轻叫："城上放下吊桥，有机密事进城。"陆登在城上见是一人，便叫放下吊桥。哈迷蚩过了吊桥，来到城下，便道："开了城门，放我进来，好说话。"城上军士道："自然放你进来。"一面说，只见城上坠下一个大筐篮来，叫道："你可坐在篮内，好扯你上城。"哈迷蚩无奈，只得坐在篮内。那城上小军就扯起来，将近城垛，就悬空挂着。陆登问道："你叫什么名字？奉何人使令差来？可有文书？"那哈迷蚩虽然学得一口中国话，也曾到中原做过几次奸细，却不曾见过今日这般光景，只得说道："小人叫作赵得胜，奉两狼关总兵韩大老爷之命,有书在此。"陆登暗想韩元帅那边,原有一个赵得胜,但不曾见过。便道:"你既在韩元帅麾下,可晓得元帅在何处得功,做到元帅之职?"哈迷蚩道:"我家老爷,同张叔夜招安了水浒寨中好汉得功,钦命镇守两狼关。"陆登又问:"夫人何氏?"哈迷蚩道:"我家夫人,非别人可比,现掌五军都督印,哪一个不晓得梁氏夫人。"陆登道:"什么出身?"哈迷蚩道:"小的不敢说。"又问:"可有公子?"哈迷蚩道:"有两位。"陆登道:"叫甚名字?多大年纪了?"哈迷蚩回道:"大公子韩尚德,十五岁了;二公子韩彦直,只得三四岁。"陆登道:"不差,将书取来我看。"哈迷蚩道:"放小的上城,方好送书。"陆登道:"且等我看过了书,再放你上来不迟。"哈迷蚩到此地步,无可奈何,只得将蜡丸呈上。你道哈迷蚩怎么晓得韩元帅家中之事,陆登盘他不倒?因他拿住了赵得胜,一夜问得明明白白,方好来做奸细。

　　陆老爷把蜡丸剖开,取出书来细细观看。心内暗想道:"孙浩是奸臣门下,怎么反叫去助他?况且我去助阵,倘兀术分兵前来抢城,怎生抵挡?"正在疑惑,忽然一阵羊骚气,便问家将道:"今日你们吃羊肉吗?"家将禀道:"小人们并不曾吃羊肉。"陆登再把此书细细一看,把书在鼻边闻了一闻,哈哈大笑:"若不是这阵羊骚气,几乎被他瞒过了!你这骚奴把这样机关来哄我,却怎出得我的手?快快从实讲来!若在番邦有些名目的,本都院放你去。若是无名小卒留你

也无用，不如杀了。"哈迷蚩想这个人，果然名不虚传，便笑
道："明知山有虎，故作采樵人。因你城中固守难攻，故用此
计。我乃大金国军师哈迷蚩是也。"陆登道："我也闻得番邦
有个哈迷蚩，就是你吗？我闻你每每私进中原，探听消息，
以致犯我边疆。而今若杀了你，恐天下人笑我怕你计策，来
取中原。若就是这样放你回去，你下次再来做奸细，如何识
认？"吩咐家将："把他鼻子割下，放他去罢。"家将答应一声，
便把他鼻子割了，将筐篮放下城去。

哈迷蚩得了性命，奔过吊桥，掩面回营，来见兀
术。兀术见他浑身血迹，问道："军师为何如此？"哈迷蚩将陆登识
破之事，说了一遍。兀术大怒道："军师且回后营将息，待等
好了，某家与你拿那陆登报仇便了。"哈迷蚩谢了兀术，回后
营将息。半月有余，伤痕已愈，做了一个塌鼻子，来见兀术。

商议好抢潞安州水关,点起一千余人,挨至黄昏,悄悄来到水关。谁知水关上将网拦住,网上尽是铜铃,如人在水中碰着网,铜铃响处,挠钩齐下。番人不知,俱被拿住,尽皆斩首,号令城上。那岸上番兵看见,报与兀术。兀术无奈,只得收兵回营。与军师议道:"此人机谋,果然厉害!某家今索性自去抢那水关,若然失手死于水内,尔等便收兵回去罢了。"

　　到晚间,兀术自领一千兵马,等到三更时分,兀术先下水去探看,来到水关底下。将头钻进水关来,果然一头撞在网里,上面铜铃一响。城上听见,忙要收网,却被金兀术将刀割断,跳出上岸来,把斧头砍死宋军。奔到城门边来,砍断门栓,打去了锁,开了城门,放下吊桥,吹动胡笳,外边小番接应。恰好这一日,陆登回衙去了,无人阻挡。番兵一拥进城。

登陆

　　却说陆登正在衙中料理，忽听军士报道："番兵已进城了！"陆登忙对夫人道："此城已失，我安能得生？自然要为国尽忠了！"夫人道："相公尽忠，妾当尽节。"即向乳母道："我与老爷死后，只有这点骨血。须要与我抚养成人，接续陆氏香火，就是我陆氏门中的大恩人了！"吩咐已毕，走进后堂，自刎而亡。陆登在堂，闻报夫人已自刎，连叫数声"罢了！"，亦拔剑自刎。那尸首却峥然立着，并不跌倒！众家丁见老爷夫人已死，各自逃生。

　　那乳母收拾东西，正要逃走，却见兀术早已骑马进门来。乳母慌忙躲在大门背后。兀术下马，走上堂来，见一人手执利剑，昂然而立。兀术大喝一声："你是何人，照枪罢！"

却不回答。走上前，仔细一看，认得是陆登，已经自刎了。兀术倒吃了一惊，哪有人死了不倒之理？遂把枪插在阶下，提剑走入后堂，并无人迹，只见一个妇人尸首，横倒在地。再往后面一直看了一回，并无一人。复走出堂上，看见陆登尸首尚还立着。兀术道："我晓得了，敢是怕我进来，伤害你的尸首，杀戮你的百姓，故此立着吗？"正想间，只见哈迷蚩进来道："臣闻得狼主在此，特来保驾。"兀术道："来得正好。与我传令出去，吩咐军士，穿城而去，寻一个大地方安营，不许动民间一草一木，违令者斩！"哈迷蚩领命，传令出去。兀术道："陆将军，我并不伤你一个百姓，你放心倒了罢。"说毕，又不见倒。兀术又道："是了，那后堂妇人的尸首，敢是将军的夫人，为丈夫尽节而死。现在我将你夫妻合葬在大路口，等过往之人，晓得是忠臣节妇之墓，如何？"说了又不见倒。兀术道："是了，如今陆将军是个忠臣，莫不是我应该拜你几拜吗?"兀术便拜了两拜,又不见倒。兀术道:"这也奇了!"就拖过一把椅子来,坐在旁边思想。只见一个小番,拿住一个妇人,手中抱着个小孩子,来禀道:"这妇人抱着这孩子,在门背后吃奶,被小的拿来,请狼主发落。"兀术问妇人:"你是何人? 抱的孩子,是你甚人?"乳母哭道:"这是陆老爷的公子,小妇人便是这公子的乳母。可怜老爷夫人为国尽忠,只存这点骨血,求大王饶命!"兀术听了,不觉眼中流下泪来道:"原来如此。"便向陆登道:"陆将军,我决不绝你后代。把你公子,抚为己子,送往本国,就着这乳母抚养。直待成人长大,承你之姓,接你香火,如何?"话才说完,只见陆登身子仆地便倒。

兀术大喜,就将公子抱在怀中。恰值哈迷蚩进来看见,便问:"这孩子哪里来的?"兀术将前事细说一遍。哈迷蚩道:"这孩子既是陆登之子,乞赐予臣,去将他断送了,以报割鼻之仇。"兀术道:"此乃各为其主。譬如你拿住个奸细,也不轻放了他。某家敬他是个忠臣,可差官带领军士五百名,护送公子并乳母回转本邦。"一面命人收拾陆登同着夫人的尸首,合葬在城外高阜处。便着番将哈利禄镇守潞安州,自家率领大兵,来打两狼关。

岳母训子

话说,金兀术领兵五十万侵略中原,自从破了潞安州,一路势如破竹,直到汴京。这时宋徽宗已把皇位传给太子钦宗。钦宗听得金兀术兵临城下,命张邦昌带了许多财物去求和。不料张邦昌有心卖国,勾结兀术,回朝来,只说金兀术要亲王为质。钦宗无奈,只得命康王赵构与张邦昌一同前往。到了金营,兀术便封张邦昌为楚王,一面仍领兵攻城。这时朝中,并无将帅领兵抵御,徽钦二帝和妃嫔宫娥等,遂被金兵掳去。兀术班师回国,把徽钦二帝,关在五国城。

不久,金兀术又率领大兵攻取中原,这时康王在金营中,知道国中无主,遂乘机逃回,便在南京即位,庙号高宗,改元建炎,大赦天下。发诏布告天下,召集四方勤王兵马。数日之间,有那赵鼎、田思中、李纲、宗泽,并各路节度使、总兵,俱来护驾勤王。又遣官往各路催取粮草。各路闻风,也渐渐解送粮米接应。

岳飞

这时,内中来了一位清官,却是汤阴县徐仁。

听见新君即位，偏偏遇着这年，斗米升珠。县主亲自下乡，催征粮米，又劝谕富户乡绅，各个输助。凑足了一千担，亲自解送，一路上克俭克勤。到了南京，吩咐众人将粮车在空地上停住。走到辕门上，见了中军官道："汤阴县解送粮米到此，相烦禀告。"中军道："帅爷此时有事，不便通报。"徐仁道："此乃一桩大事，相烦相烦。"中军道："我的事也不少！"徐仁听见，就会意了，便叫家人取个封袋，称了六钱银子，封好了，复身进来，对着中军赔笑道："些须薄敬，幸乞笑纳。帅爷那里，万望周全。"中军接在手中，觉得轻飘飘的，就是赤金也值不得几何，便把那封袋，往地下一掷，道："不中抬举的！"竟掇转身进去全不睬着。

徐仁拾了封袋道:"怪不得皇上受了苦楚!不要说是奸臣坐了大位,就是一个中军,尚且如此可恶!难道我到了这里,罢了不成?也罢,阻我不着,没有你这中军,看我见得元帅也不?"就在马鞍边抽出马鞭来,将鼓乱敲。里边宗泽听得击鼓,忙坐公堂,叫旗牌出去查问,是何人击鼓。旗牌官出来问明,进去报告宗爷。宗爷道:"传进来!"旗牌答应一声"吓"就走出辕门道:"大老爷传汤阴县进见。"徐仁不慌不忙,走至阶下,躬身禀说:"汤阴知县徐仁,参见大老爷,特送粮米一千到此。"遂将手本呈上。宗泽看了大喜,便道:"难为贵县了!但是解粮虽是大事,应该着中军进禀,不该擅自击鼓。幸我知道你是个清官,倘若别人,岂不罪及于你?"徐仁道:"那中军因卑职送他六钱银子嫌轻,掷在地下,不肯与卑职传禀。卑职情急了,为此斗胆击鼓,冒犯虎威,求大老爷恕罪!"宗爷道:"有这等事!"吩咐:"把中军绑去砍了!"两边答应一声"吓!",即时把中军拿下。徐仁慌忙跪下禀道:"若杀了他,卑职结深了冤仇,还求大老爷开恩!"宗爷道:"贵县请起。既是贵县讨饶,免了死罪。"喝叫左右:"重责四十棍,赶出辕门!"又叫左右取过白银五十两,给予徐仁道:"送与贵县以作路费。"徐仁拜谢,辞别宗爷出了辕门,上马而去。

宗泽忽然想起一事,忙叫旗牌:"快去与我请徐县官转来!"旗牌那只耳朵原有些聋的,错听拿徐县官转来,正要与中军官出气。就怒冲冲出了辕门,飞跑赶上来,大叫:"徐知县慢走！大老爷叫拿你转去！"就一把抓住。那件圆领，本来旧的不经扯，一扯就扯破了半边。徐仁大怒，就跑马转来，进了辕门，也不等传令，下了马，直走到大堂上，把纱帽除了来，望案前撞去。那宗泽倒吃了一惊，便问："贵县为何如此？"徐仁道："卑职吃辛吃苦，解粮前来，就承赐了这点路费，也不为过。为何叫旗牌赶上来拿我，把我这件圆领扯破半件，拦路出丑？还要这顶纱帽做什么？"宗泽听了大怒，叫旗牌喝问道："本院叫你去请徐县主，为何扯破他圆领？"旗牌连连叩头道："小的该死。小的耳朵，实在有病，听错了，只道大老爷叫小的拿他转来。他的马走得快，小的着急，轻轻一把，不道这件圆领不经扯，竟扯破了。"宗爷大怒道："小事犹可，倘若军情大事，难道也听错吗？"叫左右："绑去砍了！"徐仁暗想："原来是他听错了，何苦害他一条性命。"只得走上前将纱帽戴好了，跪下禀道："既是偶然听错，非出本心。人命重大，望乞宽恕！"宗爷道："又是贵县讨饶，造化这狗头。"吩咐放绑，重责四十棍，赶出辕门。左右答应一声"吓！"，把旗牌就打了四十棍，赶出辕门而去。

这里宗爷叫："贵县请起。本帅请贵县转来，非为别事，因当年贵县有个岳飞，如今怎样了？贵县必知详细，故特请贵县回来，问个明白。"徐仁道："这岳飞因在武场内，挑死小梁王，功名不就。后来又在南薰门剿杀太行大盗，皇上只封他为承信郎，他不肯就职。现今闲住在家，务农养亲。"宗泽

道："既如此，敢屈贵县在驿馆中，暂宿一宵，等待明早，同去
见驾，保奏岳飞，聘他前来，共御外侮？"徐仁道："若得大老
爷保举，庶不负了他一生才学。"当时宗泽就着人送徐知县
往驿馆中去，又送酒饭并新纱帽圆领，反添了一双朝靴。徐
仁收了，好不快活。

　　次日清晨，宗泽引了徐仁同到午门。宗泽进朝奏道：
"有相州汤阴县徐仁解粮到此。臣闻知当年岳飞现在汤阴，
此人有文武全才，堪为国家栋梁，愿陛下聘他前来，共御外
侮。为此引徐仁在午门候旨，伏乞圣裁！"高宗闻奏，便道：
"当年岳飞枪挑小梁王，散了武场。又除了金刀王善，果有
大功。奈父王专听了张邦昌，以致埋没贤士，孤家久已晓

得。"随即传旨，将诏书一道，并聘岳飞的礼物，交与徐仁。命徐仁快赶回汤阴来聘请岳飞。

却说岳飞自从回家后，习练武艺。不想其年瘟疫盛行，又遇着旱荒，米粮腾贵。母子夫妻，苦守清贫，甚是凄凉。一日岳大爷正在书房看书，忽听得叩门声急，即走到外边，把门开了。只见一个人头戴便帽，身穿便衣，脚蹬快靴，肩上背着一个黄包袱，气喘吁吁走进门来，竟一直走到中堂。岳大爷细看那人：二十以上年纪，圆脸无须，却不认得是何人。只见他把包袱放下，问道："小弟有事来访岳飞的，未知可是这里?"岳爷道："在下就是。未知兄长有何见教?"那人听了，纳头便拜道："小弟久慕大名，特来相投学些武艺。若蒙见允，情愿结为兄弟，住在宝庄，以便朝夕请教。不知尊意若何?"岳爷道："如此甚妙。请问尊姓大名? 尊庚几何?"那人道："小人姓于，名工，湖广人氏，行年二十二岁。"岳爷道："如此叨长一年，有屈老弟了!"那人大喜，就与岳爷望空

八拜立誓："永为兄弟，各不相负。"拜罢起来，于工取出白银二百两，送与岳爷。岳爷推辞不受。于工道："如今既为兄弟，不必推逊了。"

岳爷只得收了，就进去交与母亲，遂转身出来。于工道："哥哥有大盘子，取出几个来。"岳爷道："有。"即进房去，向李氏夫人讨了几个盘子出来，交与于工。于工亲自动手，把桌子摆在中间，将盘安放得停当。打开黄包裹，取出十个马蹄金，放在一盘；又取出几十粒珠子，也装在一盘；又将一件猩红战袍，一条羊脂玉玲珑带，各盛在盘内；又向胸前取出一封书来，供在中央。便叫："大哥快来接旨！"岳大爷道："兄弟，你好糊涂，又不说个明白，却叫为兄的接旨。不知这旨是何处来的，说明了，方好接得。"那人道："实不瞒大哥说，小弟并非于工，乃是湖广洞庭湖通圣大王杨幺驾下，官封东胜侯，姓王名佐的便是。只因朝廷不明，信任奸邪，劳民伤财，万民离散。目下宣和（宋徽宗年号）、靖康（宋钦宗年号）二帝，被金国掳去，国家无主。因此我主公应天顺人，志欲恢复中原，以安百姓。久慕大哥文武全才，因此特命小弟前来，聘请大哥同往洞庭湖，扶助江山，共享富贵。请哥哥收了。"岳大爷道："好汉子，幸喜先与我结为兄弟。不然，就拿贤弟送官，连性命也难保了！我岳飞虽不才，生长在宋朝，况曾受承信郎之职，岂肯背国投贼？兄弟！你可将这些东西，快快收了，再不要多言。"王佐道："大哥不趁此时干功立业,还待何时? 不必执迷,还请三思!"岳大爷道:"为人立志,如女子之守身。岳飞生是宋朝人,死是宋朝鬼。纵有陆贾、随何之口舌,难换我贯日凌云之浩气。本欲屈留贤弟暂住几日,今既有此举,嫌疑不便。贤弟速速请回,拜复你那主人,今生休再想我。难得今日与贤弟结拜一场,他日岳飞若有寸进,上阵交锋之际,再得与贤弟相会罢!"王佐见岳飞侃侃烈烈,无可奈何,只得把礼物收了,仍旧包好。

岳大爷遂走进里边,叫母亲把方才那个银子取来。安人取了出来,交与岳大爷接了。出来对王佐道:"这银包请收了。"王佐道:"又来了! 这聘礼是主公的,所以大哥不受。这些礼物,虽然不成光景,却是小弟的敬意,大哥何必如此!"岳大爷道:"兄弟你误会了。贤弟送与我的,我已收了。这是为兄转送与贤弟的,可收去做盘缠。若要推辞,不像弟兄了。"王佐谅来岳飞是决不肯收的了,也只得收下。收拾好了,拜辞岳爷,仍旧背上包裹,悄然出门上路回去。

却说岳爷送了王佐出门,转身进来,见了母亲。安人问道:"方才我儿说那朋友要住几日,为何饭也不留一餐,放他去了,却是何故?"岳大爷道:"母亲不要说起。方才那个人,先说是要与孩儿结拜弟兄,学习武艺,故此留住几日。不料乃是湖广洞庭反贼杨幺差来的,叫作王佐,要聘请孩儿前去为官。被孩儿说了他几句,就打发他去了。"岳安人道:"原来如此。"又想了一想,便叫:"我儿你出去备办香烛,在中堂

摆下香案,待我出来,自有道理。"岳爷道:"晓得。"就出门外,办了香烛,走至中堂,搬过一张桌子,安放居中。又取了一副烛台、一个香炉,摆列端正。进来禀知母亲:"香案俱已停当,请母亲出去。"

安人即便带了媳妇一同出来,在家庙之前,焚香点烛,拜过祖宗,然后说:"孩儿跪着,媳妇磨墨。"岳飞便跪下道:"母亲有何吩咐?"安人道:"做娘的见你不受叛贼之聘,甘守清贫,不贪浊富,是极好的了。但恐我死之后,又有那些不法之徒,前来勾引。倘我儿一时失志,做出些不忠之事,岂不把半世清名,丧于一旦?故我今日祝告祖宗,要在你背上刺下'精忠报国'四字。但愿你做个忠臣,我做娘的死后,那些来来往往的人,道'好个安人,教子成名,尽忠报国,百世流芳!'我就含笑泉下了!"岳飞道:"古人云'身体发肤,受之父母,不敢毁伤。'母亲的严训,孩儿自能领遵,免刺字罢!"安人道:"胡说!倘然你日后做着不肖事情出来,那时拿到官司,吃敲吃打,你也好对那官府说'身体发肤,受之父母,不敢毁伤'吗?"岳飞道:"母亲说得有理,就与孩儿刺字罢。"就将衣服脱下半边。安人取笔先在岳飞背上正脊之中写了"精忠报国"四字,然后将绣花针拿在手中在他背上一刺。只见岳飞的肉一耸。安人道:"我儿痛吗?"岳飞道:"母亲刺也不曾刺,怎么问孩儿痛不痛?"安人流泪道:"我儿!你恐怕做娘的手软,故说不痛。"就咬着牙根而刺。刺完,将醋墨涂上,便永远不褪色的了。岳飞起来,叩谢了母亲训子之恩,各自回房安歇。

话分两头,却说汤阴县主徐仁,捧着圣旨,赍了礼物,回到汤阴来聘岳飞。那一日带领了众多衙役,抬了礼物,并羊

酒花红等件，来到岳家庄叩门。岳飞开门出看，认得是徐县主，就请进中堂。徐仁便叫："贤契快排香案接旨。"岳飞暗想："我命中该有这些磨折！昨日王佐来叫我接旨，今日徐县尊，也来叫我接旨。我想现今二帝被掳，朝内无君，必定是张邦昌那奸贼僭位，放我不下，故来算计我的。"便打躬道："上皇少帝，俱已北去，未知此是何人之旨？说明了，岳飞才敢接。"徐仁道："贤契你还不知吗？目今九殿下康王从金营逃回来，已经即位金陵。这就是建炎新天子的旨意。"岳飞听了大喜，连忙跪下。徐仁即将圣旨宣读，读罢，便将圣旨交与岳飞。岳飞双手接来，供在中央。徐仁道："军情紧急，今日就要起身。我在此相等，贤契可将家事料理料理。"岳飞道："既是圣旨，怎敢迟延！"就请徐仁坐定。将聘礼收进后堂，请母亲出来坐了，李氏夫人侍立在旁。岳飞告禀母亲："当今九殿下康王，在南京即位，特赐金帛。命徐县尊前来聘召孩儿赴阙。今日就要起身，特此拜别。"安人道："今日朝廷召你，多亏周侗先生教训之恩，如今他虽死了，还该在他灵位前拜辞才是。"岳飞领命，就将御酒打开，在周先生灵位前拜奠了。又在祖宗神位前拜奠已毕。然后斟了一杯酒，跪下敬上安人。安人接在手中，便道："我儿！做娘的，今日吃你这杯酒，但愿你此去为国家出力，休恋家乡。得你尽忠报国，名垂青史，吾愿足矣。切记切记！不可有忘！"岳飞道："谨遵慈命！"安人一饮而尽。岳飞立起来，又

斟了一杯向着李氏夫人道:"娘子,不知你可能饮我这杯酒吗?"李氏道:"五花官诰,尚要赠我,这杯酒怎么吃不得?"岳爷道:"不是这等说。我岳飞只是孤身,并无兄弟。如今为国远去,老母在堂,娘子须要代我孝养侍奉。所以说'娘子可能饮得此酒吗?'"李氏夫人道:"这都是妾身分内之事,何必嘱咐? 官人只管放心前去,不用挂怀,都在妾身上便了。"接过酒来,一饮而尽。这些事,那徐仁在外,俱听得明白,叹道:"难得他一门忠孝! 新主可谓得人,中兴有日了。"就吩咐从人,将岳飞衣甲,放在马上。军器物件,叫人挑了。岳飞拜别母亲,又与娘子对拜了两拜。走出门来,但见徐县主一手牵着马,一手执鞭道:"请贤契上马。"岳飞道:"门生怎敢当此!"徐仁道:"贤契不必谦逊。"岳飞只得告罪上马,县主随在后边送行。

这里徐仁走了几步,叫声:"贤契先请前进,我回县收拾收拾就来。"岳飞道:"恩师请便。"徐仁别了,自回县中料理粮草,飞马赶上岳飞,一同进京。

　　不一日到了金陵,一齐午门候旨。黄门官奏过天子,高宗传旨宣召上殿。徐仁引岳飞朝见缴旨。高宗道:"有劳了!"敕赐金帛彩缎,仍回汤阴理事。徐仁谢恩退朝,自回汤阴,不表。

　　且说高宗见岳飞状貌魁梧,身材雄壮,十分欢喜。便问宗泽:"岳飞到来,当封何职?"宗泽奏道:"岳飞原有旧职,是承信郎。"高宗道:"此乃父王欠明,今暂封副总制,候有功劳,再加升赏。"岳飞谢恩毕,又命赐宴。高宗又将在宫中亲手画的五幅大像,取出来与岳飞一幅一幅看过。高宗道:"此乃是金国粘罕弟兄五人的像,卿可仔细认看,倘若相逢,不可放过!"岳飞道:"臣领旨。"从此,岳大爷领兵杀敌,便做出一番伟大的事业。

小将军送客

国韵故事汇

116

话说，宋高宗被金兀术困住牛头山，岳飞因救兵尚未到齐，这日升帐，命张保替公子岳云收拾行李。一面唤岳云听令道："现在令你往金门镇傅总兵那边下文书，叫他即刻发兵调将来破番兵，保圣驾回金陵。此乃紧急之事，限你日期，须得要小心前去！"公子领令，接了文书，辞父出营，张保将文书包好送与公子藏了。坐上赤兔马，手抡双锤，下荷叶岭而来。心中想道："我有要紧之事，须从粘罕营中杀出，方是正路。"主意已定，便催马到粘罕营前，手摆双锤，大喝道："小将军来踹营了！"摆动那双锤，犹如飞雪乱舞，打进番营。小番慌忙报知粘罕。粘罕闻报，即提着生铜棍，腰系流星锤，上马来迎敌，正遇着公子，喝声："小南蛮慢来！"捺下生铜棍，举起流星锤，一锤打去。岳云看得真切，左手烂银锤铛的一架，锤碰锤，真似流星赶月。右手一锤，正中粘罕左臂。粘罕叫声："啊唷，不好！"负着痛，回马便走。公子也不去追赶，杀出番营，竟奔金门镇而来！

不一日，到了傅总兵衙

岳云

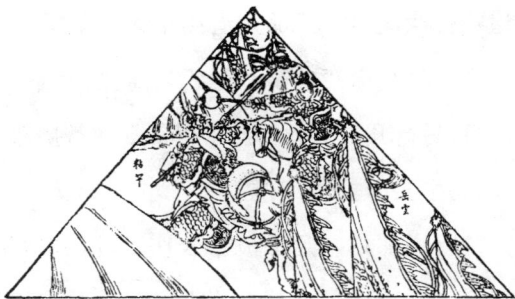

门,旗牌通报进去。总兵即请公子到内堂相见,公子送过文书,总兵看了,便道:"屈留公子明日起身,待本镇一面各处调兵遣将,即日来保驾便了。"当夜无话。

到了次日早堂,傅总兵先送公子起身,随即往校场整点人马。忽听见营门外喧嚷,军士禀道:"外面有一化子,要进来观看。小的们拦他,他就乱打,故此喧嚷。"傅爷道:"拿他进来!"众军士将化子拿进跪下。傅光低头观看,见他生得身体长大,相貌凶恶,便问:"你为何在营外喧嚷?"化子道:"小的怎敢喧嚷,指望进来看看老爷,定哪个做先锋。军士不许小人进来,故此争论。"傅爷道:"你既然要进来看,必定也有些力气。"化子道:"力气却有些。"傅爷又问:"你既有些力气,可会些武艺吗?"化子道:"武艺也略知一二。"傅爷就吩咐左右:"取我的大刀来与他使。"化子接刀在手,舞动如飞,刀法精通。傅爷看了,想道:"我这口大刀有五十余斤,他使动如风,却也好力气!"那化子把刀舞完道:"小人舞刀已完。"傅爷大喜,问道:"你叫甚名字?"那人道:"小人乃是平西王狄青之后,名叫狄雷。"傅光道:"本镇看你武艺高强,就命你做先锋。待有功之日,另行升赏。"狄雷谢了傅爷。傅爷挑选人马已毕,择日起行,到牛头山救驾,不提。

且说那粘罕几乎被岳云伤了性命,败回帐中坐定,对众将说:"岳南蛮的儿子如此厉害,今天我几被他伤了性命。"忽有小番道:"二殿下完颜金弹子到,在营外候令。"粘罕大喜,就唤进来,同来见兀术。完颜金弹子进帐,见了各位狼主。你道那殿下是谁? 乃是粘罕第二个儿子,使两柄银锤,有万夫不当之勇。金弹子道:"老王爷时常惦念,为何不拿了那岳南蛮,捉了康王,早定中原?"兀术把岳飞兵将厉害、一时难擒的话说了一遍。金弹子道:"叔爷爷,今日尚早,待臣儿去拿了岳南蛮回来,再吃酒饭罢!"兀术心中暗想道:"他也不晓得岳飞兵马厉害,只令他去走走也好。"兀术就令

殿下带兵去山前讨战。

　　山上军士报与岳元帅。岳元帅道:"谁敢迎敌?"牛皋应声道:"末将愿往。"岳元帅道:"须要小心!"牛皋上马提锏奔下山来,大叫道:"番奴快通名来,功劳簿上好记你的名字。"金弹子道:"某乃金国二殿下完颜金弹子是也!"牛皋道:"哪怕你铁弹子,也要打你做肉弹子。"举锏便打。那金弹子把锤架开锏,一连三四锤,打得牛皋两臂酸麻,抵挡不住,叫声:"好家伙,赢不得你。"转身飞奔上山来。到帐前下马,见了元帅道:"番奴是新来的,力大锤重,末将架不住,败回缴令,多多有罪!"

　　只见探子禀道:"启上元帅,番将在山下讨战,说必要元帅亲自出马,请令定夺。"岳爷道:"既然如此,待本帅去看看这小番怎样厉害。"就出营上马,一班众将齐齐地保了元帅,来至半山里,观看那金弹子,但见:镶铁冠,乌云荡漾;驼皮甲,砌就龙鳞。相貌稀奇如同黑狮子摇头;身材雄壮浑似狠狻猊摆尾。双锤舞动,错认李元霸重生;匹马咆哮,却像黑麒麟出现。真个是番邦生就"丧门煞",中国初来"白虎神"。

　　那金弹子在山下,手抡双锤,大声喊叫。岳爷道:"哪位将军去会战?"只见余化龙道:"待末将去拿他。"元帅道:"须要小心!"余化龙一马冲下山来。金弹子道:"来的南蛮是谁?"余化龙道:"我乃岳元帅麾下大将余化龙是也!"金弹子道:"不要走,照锤罢!"举锤便打。两马相交,战有十数个回合。余化龙战不过，只得败上山去。当时恼了董先，大怒道：“看末将去拿他！”拍马持铲飞跑下山来，与金弹子相对。两边各通姓名，拍开战马，锤铲相交，斗有七八个回合，董先也招架不住，把铲摆一摆，飞马败上山去。旁边何元庆大怒道：“待末将去擒这小番来！”催开战马，提着斗大双锤，一马冲下山来。金弹子看见，大喝道：“来将通名！”何元庆道：“我乃岳元帅麾下统制何元庆便是。特来拿你这小番，不要走，照老爷的锤罢！”金弹子想着：“这个南蛮也是用锤的，与我一般兵器，试他一试看。”举锤相迎。锤来锤架，锤打锤挡。但见：战鼓齐鸣，三军呐喊。两马如游龙戏水，四锤似霹雳轰山。二人大战有二十余个回合，何元庆力怯，抵挡不住，只得往山上败走。番兵忙报与兀术，兀术大喜，心想：“这个王儿连败南蛮，不要力怯了，待他明日再战罢！”传令鸣金收兵。金弹子来至营前下马，进了牛皮帐，来见兀术道：“臣儿正要拿岳南蛮，王叔为何收兵？”兀术道：“恐王侄一路远来，鞍马劳顿，故令王侄回营安歇，明日再去拿他未迟。”金弹子谢了恩，兀术就留他饮酒。酒席之间，说起小南蛮岳云骁勇非常，金弹子道：“明日臣儿出阵去，决要拿他。”

再说岳元帅回营，传令各山口上用心把守：“如今番营内，有了这个小番奴，恐他上山来劫寨。”

到了次日，兀术命金弹子带兵至山前讨战。守山军士报与元帅。元帅命张宪领令下山，与金弹子会战。金弹子叫道:"来将通名!"张宪道:"我乃岳元帅麾下小将军张宪。奉元帅将令,特来拿你,不要走!"把手中枪一起,往心窝里便刺。金弹子举锤相迎,心中想道:"怪不得四王叔说这些南蛮了得,我须要用心与他战。"把锤一举打来,张宪挺枪来迎。一个枪刺去,如大蟒翻江;一个锤打来,如猛虎离山。那张宪的枪十分厉害,这番将的锤盖世无双。二人在山下大战有四十余合,张宪看看力怯,只得败回山上,来见元帅。元帅无奈,令将"免战牌"挂出。金弹子不准免战,只是喊骂,岳爷只得连挂七道免战牌。兀术闻报,差小番请殿下回营。

金弹子进帐见了兀术,把战败张宪之事说了一遍。兀术大喜道:"只要拿了这小南蛮,就好抢山了。"

且说岳云在金门镇转来,将近番营,推开战马,摆着双锤,打进粘罕营中,撞着锤的就没命,旁若无人。这公子右冲左突,那番兵东躲西逃,直杀透番营。来至半山之中,忽

见挂着七道免战牌，暗想道："这也奇了！吾一军岂无勇将抵挡，怎么将'免战牌'高挂？想是那怕事的瞒了爹爹，偷挂在此的，岂不辱没了我岳家的体面！"当下大怒，把牌竟打得粉碎！

元帅正坐帐中纳闷，忽见传宣来报道："公子候令。"岳爷道："令他进来。"岳云进帐跪下道："孩儿奉令到金门镇，见过傅总兵，有本章请圣上之安，即日起兵来了。"元帅接了本章。岳云禀道："孩儿上山时，见挂着七面'免战牌'，不知是何人瞒着爹爹坏我岳家体面，孩儿已经打碎。望爹爹查出挂牌之人，以正军法。"元帅大喝道："好逆子！吾令行天下，谁敢不遵！这牌是我军令所挂，你敢打碎，违吾军令！"叫左右："绑去砍了！"众将一齐上前道："公子年轻性急，故犯此令，求元帅恕他初次。"元帅道："众位将军，我自己的儿子尚不能正法，怎能服百万之众？"众将不语。

牛皋道："末将有一言告禀。"元帅道："将军有何言语？"牛皋道："元帅挂'免战牌'，原为那金弹子骁勇，无人敌得他过耳。公子年轻，不知军法，故将牌打碎。若将公子斩首，一则兀术未擒，先斩大将，于军不利；二则若使外人晓得是打碎了'免战牌'，杀了儿子，岂不被他们笑话！不若令公子出兵，与金弹子交战，若然得胜回来，将功折罪；若杀败了，再正军法未迟。"岳爷道："你肯保他吗？"牛皋道："末将愿保。"元帅道："写保状来！"牛皋道："烦汤怀哥代写罢了。"汤怀就替他写了

保状。牛皋自己画了花押,送与元帅。元帅收了保状,吩咐放了岳云的绑,就令牛皋带领岳云去对敌。

　　牛皋受令出来,只见探子进营报事。牛皋忙问:"你报何事?"探子说道:"有完颜金弹子讨战,要去报上元帅。"牛皋道:"如此你去报罢。"牛皋道:"侄儿,我教你一个法儿,今日与金弹子交战,若得胜了,不必说;倘若输了,你竟打出番营,逃回家去见太太,自然无事了。"岳云点头称谢。叔侄一齐上马,来至山前。岳云一马冲下山来,金弹子大喝道:"来将通名!"公子道:"我乃岳元帅公子岳云是也。"金弹子道:"我正要擒你,不要走!"举锤便打,岳云提锤便迎。一个烂银锤摆动,银光遍体;一个浑铁锤舞起,黑气迷空。二人战有四十多个回合不分胜败。岳云暗想:"怪不得爹爹挂了免战牌,这小番果然厉害!"又战到八十余合,渐渐有点招架不住。牛皋看见，心中着了急，大叫一声："侄儿不要放走了他！"那金弹子只道是后边兀术叫他，回头一看，早被公子一锤打中肩膀，翻身落马。岳云拔剑上前取了首级，回山来见元帅缴令。岳爷就赦了岳云，令将首级在营前号令。

那边番将只抢得一个没头尸首回营。众王子见了，俱各放声大哭。兀术命雕匠雕个木人头凑上，用棺木成殓，再差人送回本国去。兀术对军师哈迷蚩道："军师！倘若宋朝各处兵马齐到，怎生迎敌？"军师道："臣已计穷力尽，只好整兵与他决一死战。"兀术默然不语，在营纳闷。

却说那两狼关总兵韩世忠与夫人梁氏，公子韩尚得、韩彦直，在汝南征服了作乱的曹成、曹亮、贺武、解云等，收了降兵十万，由水路开船下来。到了汉阳，将兵船泊住。那汉阳离牛头山只有五六十里地面。韩世忠与夫人商议，欲往牛头山保驾，梁夫人道："相公何不先差人上山，报知岳元帅，奏闻天子？若要我们保驾，便发兵前去。若叫我们屯扎别处，便下营屯扎，何如？"韩爷道："夫人之言，甚为有理。"就写了本章，并写了一封书，封好停当，便问："谁敢上牛头山去走一遭？"当有二公子韩彦直，年方一十六岁，使一杆虎头金枪，勇不可当，遂上前领差说："孩儿愿去。"元帅便将本章书信交与公子，吩咐："岳爷跟前，须要小心相见。"公子领令上岸，坐马往牛头山来。

行有二十余里，只见一员将官败下来。看见了公子，便叫声:"小哥！快些转去,后面有番兵杀来了!"韩公子笑了笑,尚未开言,那粘罕已到跟前。公子把枪一摇,当心就刺,粘罕举棍一架,觉得沉重。被公子唰唰唰一连几枪,粘罕招架不住,正要逃走,被公子大喝一声,只一枪挑下马来,取了首级。那将官下马来,走至公子马前,深深打了一躬道:"多蒙小将救了我性命！请问尊姓大名?"公子道:"小将还未曾请教得老将军尊姓大名,因何被他赶来?"那位将官道:"我乃藕塘关总兵,姓金名节。奉岳元帅将令,来此保驾。到了番营门首,遇着这番将,不肯放我过去。战他不过,逃败下来。幸得遇见将军,不然性命休矣!"公子听了连忙下马道:"原来是总爷,多多有罪了!"金总兵道:"将军何出此言！幸乞通名。"公子道:"家父乃两狼关总兵,家母梁夫人,末将排行第二,唤名韩彦直的便是。奉令上牛头山去见岳元帅,不想得遇总爷。"金节道:"原来是韩公子,失敬了！本镇被金兵杀败,无颜去朝见天子。今有请安本章一道,并有家信一封与舍亲牛皋的,拜烦公子带去,本镇且扎营在此候旨,未知允否?"公子道:"顺便之事有何不可?"金节遂将本章、家信交与公子。公子把信藏在身边,把粘罕首级挂在腰间,又对金节道:"番奴这匹马甚好,总爷何不收为坐骑?"金节道:"我正有此意。"遂将坐骑换了。二人一同行至三岔路口,金节道:"前面将近牛头山了,俱有番营扎住,请公子小心过去!"二人分别。

金节自远远扎住营盘候旨,韩二公子却一马冲进番营,大喝一声:"两狼关韩总兵的二公子来踹营了!"摇动手中银杆虎头抢,犹如飞雷掣电一般,谁人挡得住?竟被他杀出番营,上牛头山而去。小番忙去报知太子道:"不好了!又来了一个小南蛮,把大狼主伤了!冲破营盘,上山去了。"兀术闻报,又惊又苦。一面差人打探,一面去收拾粘罕尸首。

再说韩公子到了荷叶岭边口子上,守山军士问明,放进来。至大营前,军士进帐禀知岳元帅。元帅吩咐:"请进来!"军士答应一声,出来传令:"请公子进见。"公子来到帐中,行礼毕,便道:"小将奉家父之命,来见元帅,有本章恭请圣安。适在路上遇见粘罕追赶藕塘关总兵金节,被小将挑死,将首级呈验。金总兵离此二十里扎营候旨,带有问安本章,并牛将军家信呈上。"岳元帅大喜道:"令尊平贼有功,公子又得此大功。请同本帅去见天子候旨。"随即引了公子来到玉虚宫,朝见高宗,将两道本章呈上,又将韩公子挑死金国粘罕奏闻。高宗便问李纲:"应当作何封赐?"李纲奏道:"韩世忠虽失了两狼关,今讨曹成有功,可复还原职。韩尚德、韩彦直俱封为平虏将军,命他引本部人马去收复金陵,候圣驾还朝,另加升赏。"高宗依奏,传旨下来。岳元帅同韩公子谢恩,辞驾出宫。回至营前下马,公子即辞别了岳爷要回去。岳爷道:"本欲相留几日,奈有君命,不好相强。"遂叫岳云送韩公子下山。岳云领令,遂同韩公子并马下山。

将近番营,韩公子道:"请公子回山罢。"岳云道:"家父

命小弟送出番营,岂敢有违!"韩公子再三推让。岳公子决
意要送,便道:"待小弟在前打开番兵,送兄出去。"就把双锤
一摆,大喝一声:"快些让路,待小爷送客!"那些番兵见是打
死金弹子的小将军,人人胆战,个个心惊,一声呐喊,俱向两
旁闪开。略略近些的,一锤一个,不是碎了头,就是折了背,
谁敢上前! 一直杀出大营。韩彦直心中想道:"果然厉害,
名不虚传! 我何不送他转去,也显我的威名?"遂向岳云道:
"蒙兄送出番营,小弟再无不送转去之理。"岳公子再三不
肯,韩公子立意要送。岳云道:"既承美意,只得从命。"韩公
子复身向前拍马冲进,逢人便挑,如入无人之境。番兵已是
被他杀怕的了,口中呐喊,尽皆四散分开,近前的就没了命。

二位公子冲透营盘,来至山下。韩公子道:"请兄回山罢。"岳云道:"既承兄送转来,自然再送兄出去。"韩公子再三推辞。岳云哪里肯,复回马向前,韩公子在后,两个又杀入番营。那些番兵被他二人送出送进,不知杀伤了多少,一个个胆战心惊,让开大路。二人冲出了番营,韩公子再要送回。岳云道:"何必如此送出送进,送到何时得了?难得我二人意气相投,小弟欲与兄结为兄弟,不知尊意若何?"韩公子道:"小弟亦有此心,但是高攀不起。"岳云道:"何出此言!"二人遂向树林中下马撮土为香,对天八拜,韩公子年长为兄,岳公子为弟。二人才上马分手。

　　岳云独自一个,再杀进番营,回荷叶岭来。那番兵被二人杀得害怕,况因粘罕被韩公子挑死,众王子具在兀术帐中悲苦。命匠人雕刻木头,配合成殓端正,差人送回本国。忙忙碌碌,所以无人阻挡,由他二人进出。那岳云上山,将送韩公子结义之事禀告元帅。元帅亦甚欢喜。

挑华车

话说，南宋高宗在南京即位以后，不久被金兀术的兵马攻进南京，高宗遂同李纲等逃至牛头山，又被粘罕的兵围住。这时岳飞驻扎潭州，听得消息，急忙领兵前来救驾。

高宗即拜岳飞为都督大元帅，统率众将，抵抗破敌。岳元帅即命牛皋往相州刘光世处催粮。

牛皋受命以后，便昼夜兼行，到了相州，一直到了节度使辕门下马。大声叫道："快些通报！"就把那铜在鼓上扑通一下，把鼓竟打破了。传宣进内禀知，刘都院传令牛皋进见。牛皋来至大堂跪下道："都爷快看文书！快看文书！"刘光世看了文书道："牛皋差了！限你四日，如今只才三日半，如何这般性急？且到耳房便饭。"牛皋道："饭是自然要吃的，但粮草很要紧的，明早就要起身的！"刘爷道："这是朝廷大事，谁敢迟延？"传令准备粮草。至二更时分，俱已办妥，一面点兵三千护送。刘爷一夜不曾睡着。刚刚天亮，牛皋早已上堂来见刘爷催促。刘爷道："军粮久已

高宠

完备。有道表章，烦你带去。外有书一封，候你家元帅的。"牛皋收了表章、书信，叩头辞别，上马便行。

这日正行之间，忽然大雨下来，要寻个地方躲雨。望见前面一带红墙，必然是个庙宇，忙忙催动粮车。赶到红墙边一望，不是庙宇，却是王殿一座。牛皋也不管他三七二十一，命众军士，把粮车推进殿内躲雨。

原来这殿乃是汝南王郑恩之后郑怀的赐第。那郑怀生得身长丈二，使一条茶杯口粗的铁棍，力大无比，善于步战。当时有家将进内报说："不知何处军马，推着许多粮车，在殿上喧哗糟蹋，特来报知。"郑怀道："哪有这等事！先王御赐的地方，谁敢来糟蹋！"便提了大棍走到殿前，大喝道："何处野贼，敢来这里讨野火吃？"牛皋见来得凶，只道是抢粮的，不问情由,举铜就打。郑怀抢棍招架。不上四五个回合,被郑怀拦腰只一把,把牛皋擒住。走进里边厅上,叫家人绑了,推至面前道:"你是何方草寇,敢来糟蹋王殿?"牛皋大喝道:"该死的狗囚!你眼又不瞎,不见粮车上的旗号吗?我叫牛皋,奉岳元帅将令,催粮上牛头山保驾,在此躲雨。你敢拿了我,可不该凌迟剐罪?"郑怀道:"原来是牛将军,你也该早说个明白。"慌忙来解了绑,扶牛皋中间坐了。请罪道:"小弟乃汝南王郑恩后裔,名唤郑怀。久慕将军大名,今日愿拜将军为兄,同上牛头山保驾立功,未知允否?"牛皋道:"我本是不肯的,见你本事也好,还有些情重,且收你为弟罢。只是肚中饥了,且收拾些酒饭来我吃了,好同你去。"郑怀道:"这个自然。"就同牛皋对天结拜为弟兄。吩咐家人整备酒饭,杀了两头牛,抬出十来坛酒,到殿上犒赏三军。郑怀一面收拾行李,吃完酒饭,就同了牛皋起身。

这日行至一座山边,忽听得一棒锣声,拥出五六百喽啰。为首一员少年,身骑白马,手提银枪,白袍银甲,头戴银盔,口中大叫:"会事的留下粮车,放你过去!"牛皋大怒,方欲出马。郑怀道:"不劳哥哥动手,待小弟去拿这厮来。"提棍上前便打,那英雄抢枪就刺。大战三十多合,不分胜负。牛皋暗想:"我与郑怀战不上四五合,被他拿了。他两个战了三十多合,尚无胜败,好个对手!"就拍马上前,叫道:"你们且住手!我有话说。"郑怀架住了枪道:"住着!俺哥哥有

挑华车

131

话讲,讲了再战。"那将收了枪道:"你有何话,快快说来。"牛皋道:"俺非别人,乃岳元帅的好朋友牛皋,我看你年纪虽小,武艺倒好。目今用人之际,何不归顺朝廷改邪归正,岂不胜如在这里做强盗?"那将听了道:"原来是牛将军,何不早说!"遂弃枪下马道:"将军若不见弃,愿拜为兄,同往岳元帅麾下效用。"牛皋道:"这才是好汉!但不知你姓甚名谁?"那将道:"小弟乃东正王之后,姓张名奎。因见朝廷奸臣乱国,故而不愿为官,在此落草。"牛皋道:"既如此,军粮紧急,速即收拾同行。"张奎就请牛、郑二人上山,结为兄弟。一面整备酒席,一面收拾粮草合兵同行。

又一日来到一个地方,军士报说:"前面有四五千人马,扎住营盘,不知是何处兵马。特来报知。"牛皋吩咐也扎住了营头,差人探听。不一时军士来报:"有一将在营前,声声要老爷送粮草。"牛皋大怒,同了郑怀、张奎出营。看那后生生得身长八尺,头戴金盔,身穿金甲,坐下青鬃马,手提一杆錾金虎头枪。见了牛皋便喝道:"你可就是牛皋吗?"牛皋道:"老爷便是。你是什么人,敢来阻我粮草?"那人道:"你休要问我,我只与你战三百合,就放你过去。"郑怀大怒,举棍向前便打。那将架开棍,一连几枪,打得郑怀浑身是汗,气喘吁吁。张奎把银枪一摆,上来助阵,两个战了二十余合。牛皋见二人招架不住,举铜也来助战。三个战一个,还不是那将的对手。正在慌忙,那将托地把马一提,跳出圈子

外,叫声:"且歇!"三人收住了兵器,只是气喘。那将下马道:"小将非别人,乃开平王之后,姓高名宠。当年在红桃山保母,有番兵一支往山西面来,被小弟枪挑了番将,杀败了番兵,夺得金盔、金甲、金银财帛几车,留下至今。目下见圣上被困牛头山,奉母命前来保驾,今日幸得相会,特来献献武艺。"牛皋大喜,叫声:"好兄弟! 你既有这般本事,就做我哥哥也好,何不早说!"当时就与高宠并了队伍,在营中结为兄弟,用了酒饭。高宠就在前头开路,牛皋同郑怀、张奎押后,催兵前进,往牛头山进发。

却说金兀术听说粘罕把高宗围在牛头山,便率领大兵到来。粘罕接进,即将张邦昌、王铎投降的事和围困情形,说了一遍。兀术大喜,便道:"既是康王同岳南蛮在山上,我们只分兵困住此山,绝了他的粮饷,怕不饿死?"遂分拨众狼主,四方八处,扎住大营。六七十万大兵团团围住牛头山,水泄不通。岳爷闻报,好不心焦!

那牛皋等在路上非止一日,已到牛头山。高宠望见番营连绵十余里,便向牛皋道:"小弟在前冲开营盘,兄长保住粮草,一齐杀入。"牛皋便叫郑怀、张奎左右辅翼,自己押后。高宠一马当先,大叫:"高将军来踹营也!"拍马挺枪,冲入番营,远者枪挑,近者鞭打,如同砍瓜切菜一般,打开一条血路。左有张奎,右有郑怀,两条枪棍犹如双龙搅海。牛皋在

后边舞动双锏,犹如猛虎搜山。那些番兵番将,哪里抵挡得住,大喊一声,四下里各自逃生。兀术忙差下四个元帅来,一个叫金花骨朵,一个叫银花骨朵,一个叫铜花骨朵,一个铁花骨朵,各使兵器,上前迎战。被高宠一枪一个,翻下马去。第二枪,一个跌下地来;第三枪,一个送了命;再一枪,一个胸前添了一个窟窿。后边又来了一个黄脸番将,叫作金古渌,使一条狼牙棒打来。被高宠往番将心窝里一枪戳透,一挑,把个尸首直抛向半空之内去了。吓得那番营中兵将,个个无魂、人人落魄。更兼郑怀、张奎两条枪棍,牛皋一对铜,翻江搅海一般。杀得尸如山积,血流成河,冲开十几座营盘,往牛头山而去。兀术无奈,只得传令收拾尸首,整顿营寨。

却说岳元帅正闷坐帐中,忽探子来报道:"金营内旗幡缭乱,喊杀连天,未知何故?"岳元帅道:"他见我们按兵不动,或是诱敌之计,可再去打听。"不一会,又有探子来报:"牛将军解粮,已到荷叶岭下了。"岳元帅大喜。

不一时,牛皋催赶粮车,上了荷叶岭。在平阳之地,把三军扎住,对三位兄弟道:"待我先去报知元帅,就来迎接。"高宠道:"这个自然。"牛皋进营见过了元帅,将刘都爷本章并文书送上。岳爷道:"粮草解上山来,乃是第一个大功劳!"吩咐上了功劳簿。牛皋道:"哪里是我的功劳,亏得新收三个兄弟:一个叫高宠,一个叫郑怀,一个叫张奎。他三个人本事高强,冲开血路,保护粮草,方能上山。现在看守人马粮车,在岭上候令。"岳爷道:"既如此,快请相见。"牛皋出营来,同了三人进来,参见毕。岳爷立起身道:"三位将军请起。"遂问三人家世,高宠等细细说明。元帅道:"既是藩王后裔,待本师奏过圣上封职便了。"遂命将粮草收贮。自引三人来至玉虚宫内,朝见高宗,将三人前来保驾之事奏明。高宗问李纲道:"该封何职?"李纲奏道:"暂封他为统制。待太平之日,再袭祖职。"高宗依奏封职。三人一齐谢恩而退,同元帅回营。牛皋便上来禀道:"这三个兄弟,可与小将同住。"岳爷应允，就将他三人带来人马，分隶部下。金银财帛，送入后营，为劳军之用。专等择日开兵，与兀术打仗。

到了次日，元帅升帐，众将站立两旁听令。元帅高声问道："今粮草虽到，金兵困住我兵在此，恐一朝粮尽，不能接济。必须与他大战一场，杀退了番兵，奉天子回京。不知哪位将军，敢到金营去下战书？"话声未绝，早有牛皋上前道："小将愿往。"元帅道："你昨日杀了他许多兵将，是他的仇人，如何去得？"牛皋道："除了我，再没有别人敢去。"岳飞就叫张保："替牛爷换了袍帽。"张保就替牛皋穿起冠带来。

牛皋冠带停当，把身上衣服一看，不觉笑起来道："我如今这般打扮，竟像城隍庙里的判官了。"就辞了元帅，竟自出营。一马跑至番营前。平章看见大喝道："这是牛南蛮，为何如此打扮？"牛皋道："能文能武，方是男子汉。我今日来下战书，是二主交接之正事，自然要文绉绉的打扮。烦你通报通报。"平章不觉笑将起来，进帐禀道："有牛南蛮来下战书。"兀术道："叫他进来。"平章出营叫道："狼主叫你进去。"牛皋道："这狗头，'请'字不放一个，'叫'我进来，如此无礼！"遂下马，一直来至帐前。那些帐下之人，见牛皋这副嘴脸、这般打扮，无不掩着口笑。

牛皋见了兀术道："请下来见礼。"兀术大怒道："我是金朝太子，又是昌平王，你见了我，也该下个全礼。怎么反叫

我与你见礼?"牛皋道:"什么昌平王!我也曾做过公道大王。我今上奉天子圣旨,下奉元帅将令,来到此处下书。古人云'上邦卿相,即是下国诸侯;上邦士子,乃是下国大夫。'我乃堂堂天子使臣,礼该宾主相见,怎肯屈膝于你?我牛皋岂是贪生怕死之徒、畏箭避刀之辈?若怕杀,也不敢来了!"

兀术道:"这等说,倒是我的不是了。看你不出,倒是个不怕死的好汉,我就下来与你相见。"牛皋道:"好啊!这才算个英雄!下次你在战场上,要多战几合了。"兀术道:"将军到此何干?"牛皋道:"奉元帅将令,特来下战书。"兀术接过看了,遂在后批着"三日后决战",付与牛皋。牛皋道:"我是难得来的,该请我一请!"兀术道:"该的,该的。"遂叫平章同牛皋到左营吃酒饭。

牛皋吃得大醉出来,谢了兀术,出营上马,转身向牛头山来。

到了山上，众人看见大喜，俱来迎接，说道："牛兄弟辛苦了！"牛皋道："也没有什么辛苦。承他请我吃酒饭，饭都吃不下，只喝了几杯寡酒。"来到大营，军士报知岳元帅，岳元帅吩咐传进。牛皋进帐，见了岳元帅，将原书呈上。元帅叫军政司，记了牛皋功劳。回营将息。

　　次日元帅升帐，众将参见已毕。元帅唤过王贵来道："本帅有令箭一支，着你往番营去拿一口猪来，候本帅祭旗用。"王贵得令，上马下山而走。元帅又将令箭一支，唤过牛皋道："你也领令到番营去拿一口羊来，候本帅祭旗用。"牛皋也领令而去。

　　却说王贵领令下山，暗想："这个差使却难，那番营中有猪，也不肯卖与我。若是去抢，他六七十万人马，哪里晓得他的猪藏在哪里？不要管他，我只捉个番兵上去，权当个猪缴令，看是如何。"想定了主意，一马来至营前，也不言语，两手摇刀，冲进营中。那小番出其不意，被他一手捞翻一个，挟在腰间，拍马出营，上荷叶岭来。恰好遇着牛皋下山，看见王贵捉了一个番兵回来，牛皋暗想："呀！原来番兵当得猪的，难道就当不得羊？且不要被他得了头功，待我割去他的猪头。"遂拔剑在手，迎上来道："王哥，你来得快啊！"王贵道："正是。"两个说话之间，两马恰是交肩而过，牛皋轻轻把剑在小番颈上一割，头已落地。王贵还不晓得，来到山上。诸葛英见了，便道："王兄拿这没头人来做什么？"王贵回头一看道:"呀!这个头被牛皋割去了。"就将尸首一丢,回马又下山来。行至半路,只见牛皋也捉了一个小番来了。那牛皋看见了王贵,就勒住马,闪在旁边,叫声:"王哥请便。"王贵道:"世上也没有你这样狠心的人!你先要立功,怎么把我拿的人割了头去?"牛皋道:"原是小弟不是。王哥,把这一功让了我罢!"王贵拍马竟去。牛皋来至大营前,叫家将把这羊绑了,牛皋进帐禀道:"奉令拿得一只羊缴令。"元帅吩咐将羊收了。牛皋道:"这羊是会说话的。"元帅道:"不必多言。"牛皋暗暗好笑,出营去了。那时王贵复至番营叫道:"再拿一口猪来!"抡刀冲进去,小番围将上来厮杀。王贵放开兵器,又早捞了一个。粘罕闻报,拿了镏金棍上马,领众赶来,王贵已上了荷叶岭去了,哪里追得着。王贵上了大营门首,将番兵绑了,进帐来见元帅道:"末将奉令拿得一口猪在此缴令。"元帅叫张保收了猪,上了二人的功劳。

次日,岳元帅请圣驾至营祭旗。众大臣一齐保驾,离了玉虚宫,来到大营。元帅跪接进营。将小番杀了,当作猪羊,祭旗已毕,元帅奏道:"请圣驾明日上台,观看臣与兀术交战。"天子准奏。众大臣保驾回玉虚宫。

再说兀术在营中对军师道:"岳飞叫人下山,拿我营中兵去,当作福礼祭旗,可恨可恼!我如今也差人去拿他两个南蛮来祭旗,方泄我恨。"军师道:"不可。若是能到他山上去拿得人来，这座山久已抢了。请狼主免降此旨罢。"兀术想道："军师此言亦甚有理。这山如何上去得？我想张邦昌、王铎两人要他何用？不如将他们当作福礼罢！"遂传令将二人拿下。一面准备猪羊祭礼，邀请各位王兄王弟，同了军师参谋、左右丞相、大小元帅、众平章等，一同祭旗。将张、王二人杀了，请众人同吃利市酒——他二人当初在武场对天立誓道："如若欺君，日后在番邦变作猪羊。"不意今日果被金人当作猪羊杀死。

那兀术祭过了旗，正同众将在帐中吃酒，小番来报道："元帅哈铁龙，送铁华车至营。"兀术传令，叫他带领本部军兵，在西南方上埋伏，哈元帅得令而去。

次日兀术自引大队人马，来至山前搦战。岳元帅调拨各将紧守要路，多设檑木炮石。张奎专管战阵儿郎，郑怀单管鸣金士卒，高宠掌着三军司令的大旗。自己坐马提枪，只带"马前张保，马后王横"两个下山，来与兀术交兵。只见金阵内旗门开处，兀术出马，叫声："岳飞，如今天下——山东、山西、湖广、江西皆属大金所管，尔众兵不满十万，今被我困住此山，谅你粮草不足，正如釜中之鱼。何不将康王献出，归顺大金，不失封王之位。你意下如何？"岳元帅大喝道："兀术你等不识人伦，囚天子于沙漠，追吾主于湖广。本帅兵虽少而将勇，若不杀尽你们，誓不回师！"大喝一声，走马上前，举枪便刺。兀术大怒，提起金雀斧，大战十数个回合。那四面八方的番兵，呐喊连天，俱来抢牛头山。当有众将各路敌住。岳元帅顾念有康王在山，恐惊了驾，挑开斧，虚晃一枪，转马回山去了。那张奎见元帅回山，即鸣金收军。

不道那高宠想道："元帅与兀术交战，没有几个回合，为何即便回山？必是这个兀术武艺高强，待我去试试，看是如何？"便对张奎道："张哥，你代我把这旗掌一掌。"张奎拿旗在手，高宠上马抡枪，往旁边下山去。兀术正冲上山来，劈头撞见。高宠劈面一枪，兀术抬斧招架。谁知枪重招架不住，把头一低，被高宠把枪一拖，发断冠坠，吓得兀术魂不附体，回马就走。高宠大喝一声，随后赶来，撞进番营。这一杆碗粗的枪，带挑带打，那些番兵番将，人亡马倒，死者不计其数。那高宠杀得高兴，进东营，出西营，如入无人之境，直杀得番兵叫苦连天，悲声震地。看看杀到下午，一马冲出番营，正要回山，望见西南角上有座番营。高宠想道："此处必是屯粮之所。常言道'粮乃兵家之性命'，我不如便去放把火，将他的粮，烧个干净，绝了他的命根，岂不为美。"便拍马抡枪，来到番营，挺着枪冲将进去。小番慌忙报知哈元帅，哈铁龙吩咐快把铁华车推出去。众番兵得令，一片声响，把铁华车推来。高宠见了说道："这是什么东西？"就把枪一挑，将一辆铁华车，挑过头去。后面接连着推来，高宠挑了十一辆。到得第十二辆，高宠又是一枪。谁知坐下这匹马，

力尽筋疲，口吐鲜血，蹲将下来，把高宠掀翻在地，早被铁华车碾得稀扁了。

当下哈铁龙拿了高宠的尸首，来见兀术道："这个南蛮，连挑十一辆铁华车，真是楚霸王重生，好生厉害！"兀术吩咐哈元帅，再去整备铁华车。叫小番在营门口立一高竿，将高宠尸首吊起。

此时岳爷正同众将在山前打听高宠下落，忽见番营门首，吊起一个尸首来。牛皋远远望见，叫声："不好了！"就拍马下山去。那岳爷此时也不能禁止，忙令张立、张用、张保、王横四人，飞步下山。再命何元庆、余化龙、董先、张宪速去救应。众将得令，一齐下山。

那牛皋一马跑至营前,有小番上来挡路,被他把铜一扫一挥,那些小番好像西瓜般滚去。直至高竿前,拔出剑来,只一剑,将绳割断。那尸首坠下地来,牛皋抱住一看,大叫一声,翻身跌落马下。那些番兵见了,正待上前拿捉,却得张宪等四员马将,张立等四员步将,一齐赶来,杀退番兵。张立、张用前后护持,王横扶牛皋上了马。张保将高宠尸首,驮在背上,转身就走。又有几个平章晓得了,领着番兵追来。被何元庆、余化龙二人,回马大杀一阵,锤打枪挑,伤了许多人马,番兵不敢追赶。众将遂一齐上了牛头山。

兀术得报,领人马飞驰而来时,这里已经上山了。兀术只得回马转去,自忖:"这些南蛮,有这等大胆,又果然义气,反伤了我两员将官,杀了许多兵卒。"只得叫小番收拾杀伤尸首,紧守营门。

众将将牛皋救得上山,牛皋大哭不止,连晕几次。人人泪落,个个心伤。康王传下圣旨:"高将军为国亡身,将朕衣冠包裹尸首,权埋在此,等太平时,送回安葬。"岳元帅又命汤怀住在牛皋帐中,早晚劝他不要过于苦楚。汤怀领令,就到牛皋帐中去劝解。

金兀术败走黄天荡

话说，南宋初年，韩世忠——延安人——与夫人梁红玉，公子韩尚德、韩彦直，在汝南征服了曹成、贺武等，将兵船泊在汉阳，差二公子韩彦直往牛头山请旨，应否前往保驾。不数日，二公子韩彦直回至汉阳船上，见了父亲说："圣上令我们恢复南京，不必往牛头山去。"韩世忠遂命船往南京进发。

一日，探子来报："宗泽大老爷之子宗方，打败金将杜吉、曹荣，已将南京收复。"韩世忠向梁夫人道："如今待怎么处？"梁夫人道："我们且将大小战船，在狼福山扎住，以扼兀术之路。"韩世忠道："夫人之言，甚是有理。"就传令各战船，齐往狼福山下，扎成水寨。差人往南京打听虚实，一面差人探听牛头山消息。

且说牛头山上岳飞，专等各路勤王兵到，准备与兀术交兵。兀术也在与众王子、众平章商议开战之事。有探事小番进帐来报道："启上狼主，小的探得有南朝元帅张浚领兵六万，顺昌大元帅刘琦领兵五万，四川副使吴玠同兄弟吴璘统兵三万，定海总兵

金兀术

胡章、象山总兵龚相、藕塘关总兵金节、九江总兵杨沂中、湖口总兵谢昆,各处人马共有三十余万。俱离此不远,四面安营。特来报知。"兀术闻报,遂传令点四位元帅,向东西南北四路,探听哪一方可以行走。那四位元帅领令前去,不多时一齐回来,进帐来禀道:"四面俱有重兵,只有正北一条大路,可以行走。"兀术就传令晓谕前后左右中五营兵将知悉:"若与南蛮交战,胜则前进,倘不能取胜,只往正北而退。"谁知探路的,只探得四十余里,就转来了,不曾探到五十里外。故此一句,断送了六七十万人马的性命。

再说岳元帅请高宗离了玉虚宫,到灵官殿前,与众位大臣,都坐在马上,传令施放大炮,连声不绝。那些总兵、节度,听见炮响,各个准备领兵杀来夹攻。兀术传齐各位王子、众平章、元帅,一众番将,俱各领兵上马。传下令来:"今日拼了命,与岳南蛮决一死战,擒了康王,以图中原。"

这里岳元帅传下令来,命何元庆、余化龙、张显、岳云、董先、张宪、汤怀、牛皋等为首,带领众将,一齐放炮,呐喊踹营。那些各路总兵节度,听得炮声,四面八方俱杀将拢来。但见:人如猛虎离山,马似游龙出水。刀枪齐举,剑戟纵横。迎着刀,肩离背折;逢着枪,头断身开;挡着剑,喉穿气绝;中着戟,腹破流红。

这场大战,真个是天摇地动,日色无光。岳元帅带领这一班猛将,逢人便杀,遇将就擒。摆动这杆沥泉枪,浑如蛟

龙搅海,巨蟒翻身。那些众番兵将见了岳爷,就是追魂使者、了命阎君,一个个抱头鼠窜,口中只叫:"走走! 岳爷爷来了!"

岳爷望见南朝元帅张浚、顺昌元帅刘琦的旗号,遂令军士请来相见。张刘二位元帅,在马上见了岳元帅,岳元帅叫道:"二位元帅,今日本帅将圣上并众大臣交与二位元帅,速速保驾回京,本帅好去追赶金兵。"遂辞了天子,带了张保、王横催兵掩杀。从辰时直杀到半夜,杀得番兵抛旗弃甲,四散败走。众将各个在后追赶。

兀术只往北逃去。看看来到江口,只听得众番兵一片声叫苦。原来一派大江,并无船只可渡,后面追兵又近,吓得兀术浑身发抖,仰天大叫:"天亡我也! 我自进中原以来,未有如此之败! 今前有大江,后有追兵,如之奈何!"

正在危急,那军师哈迷蚩用手一指道:"主公且慢惊慌! 看这江中,不是有船来吗?"兀术定睛一看,却是金兵旗号。

原来是杜吉、曹荣的战船，因被宗方杀败，故此驾船逃走。军师大叫："快来救主！"那船上见是番兵，如飞拢岸，兀术与军师、众平章等一齐下船来。船少人多，哪里装得尽？看见岳元帅追兵已近，慌忙开去。落后番兵，无船可渡，岳元帅追至江口，犹如砍瓜切菜一般。可怜这些番兵，啼啼哭哭，往江中乱跳，淹死无数。兀术望见，掩面流泪，好不苦楚！

那岳爷兵马到了汉阳江口，安下营寨，忽有探子进营来报道："探得韩元帅扎营在狼福山下，阻住兀术去路，特来报知。"岳元帅想道："这一功让了韩元帅罢。"遂唤过岳云来，吩咐道："你可引兵三千，往天长关守住。倘兀术来时，用心擒住，不可有违！"岳云得令，带领人马，竟往天长关而去。元帅大队人马，自回潭洲。不表。

再说兀术败在长江之中，有金陵杀败的兵将、战船陆续

到来,南岸上还有杀不尽的番兵逃来,兀术吩咐把船拢岸,尽数装载。看见北岸有韩元帅扎营,不能过去。兀术就吩咐船只拢齐,查点数目,共有五六百号,计算番兵,不上四五万。兀术叹道:"我自进中原,带有雄兵数十万,战将数百员。今日被岳南蛮杀得只剩四五万人马,又伤了大王兄与二殿下,有何面目去见父王!"说罢,痛哭起来。众平章劝道:"狼主不必悲伤,保重身体,好渡长江。"

兀术望见江北一带,战船摆列,有十里远近,旗幡飘动,密布如城。又有一百多号小游船,都是六桨,行动如飞,弓箭火器乱发。那中军水营,都是海鳅舰,竖定桅樯,高有二十来丈,密麻相似。两边金鼓旗号,中间插着"大元帅韩"的宝纛大旗。兀术自想:"不过五六百号战船,如何冲得他动,怎敢过去!"好生忧闷,便与军师商议。哈迷蚩道:"江北战船密布,亦不知有多少号数。须要差人去探听虚实,方好过江。"兀术道:"今晚待我亲自去探个虚实。"哈迷蚩道:"狼主岂可深入重地!"兀术道:"不妨。我昨日拿住几个土人,问得明白。这里金山寺上有座龙王庙最高,待我上金山去细看南北形势,便知虚实了。"哈迷蚩说:"既如此,必须如此如此,方可保全。"兀术依计,即时叫过小元帅何黑闼、黄柄奴二人近前,悄悄吩咐:"你二人到晚间照计而行。"二人领命,准备来探南兵。

这时韩世忠元帅见金兵屯扎在黄天荡,便集众将商议

道:"兀术乃金邦名将,今晚必然上金山来偷看我营寨。"即令副将苏德引兵一百,埋伏于龙王庙里:"你可躲在金山塔上,若望见番兵到来,就在塔上擂起鼓来,引兵冲出,我自有接应。"苏德领令去了。又命二公子彦直道:"你也只消带领健卒一百,埋伏在龙王庙左侧。听得塔上鼓响便引兵杀出来,擒住番将,不可有误!"二公子领令去了。又命大公子尚德带领兵三百,驾船埋伏南岸:"但听江中炮响,可绕出北岸,截他归路。"大公子亦引兵去了。

这里端正停当,果然兀术到了晚间,同了军师哈迷蚩、小元帅黄柄奴三人,一齐上岸,坐马悄悄到金山脚边。早有番将何黑闼已带领番兵,齐备小船伺候。兀术与哈迷蚩、黄柄奴上了金山,勒马徐行。到了龙王庙前一箭之地,立定一望,但见江光浩渺,山势高峻。正待观看宋军营垒,那苏德在塔上望见三骑马将近龙王庙来,后面几百番兵,远远随着,便喝彩道:"元帅真个料敌如神!"遂擂起鼓来,庙里这一百兵喊杀出来。左首韩二公子听得鼓响,亦引兵杀出。兀术三人,听得战鼓齐鸣,心惊胆战。正待勒马回去,忽然韩彦直飞马大叫:"兀术往哪里走? 快快下马受缚!"这一声喊,早惊得三人飞马便走。不道山路高低,一将坐马失足,连人掀下,彦直举枪便刺。兀术举起金雀斧劈面砍来,救出那将,就与二公子大战。众番兵连忙下山逃走。何黑闼接应上船,飞风开去。大江中一声炮响,韩尚德放出小船来赶,已去远了。那兀术在山上与二公子战不上七八合,被二公子逼开斧,一手擒过马来,下船回营。

到了天明,韩元帅升帐,诸将俱来报功。韩元帅大喜,

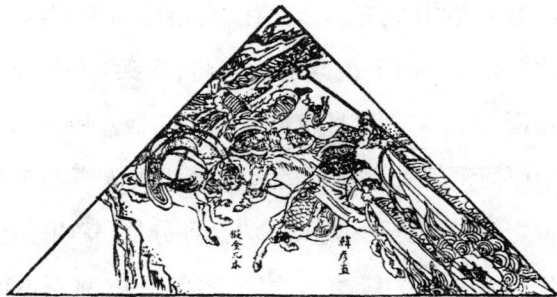

金兀术败走黄天荡

151

命将兀术推来。那韩元帅把眼往下一看，原来不是兀术。元帅大喝道："你是何人？敢假冒兀术来诳我！"那将道："我乃金国元帅黄柄奴是也。军师防你诡计，故命我假装太子模样，果不出所料。今既被擒，要砍就砍，不必多言。"元帅道："原来番奴这般刁滑！无名小卒，杀了徒然，污我宝刀。"吩咐："将他囚禁后营，待我擒了这兀术，一齐斩首便了。"又对二公子道："你中了他'金蝉脱壳'之计，今后须要小心！"公子连声领命。

　　元帅因走了兀术，退回后营，闷闷不乐。梁夫人道："兀术虽败，粮草无多，必然急速要回，乘我小胜无意提防，今夜必来厮杀。金人多诈，恐怕他一面来与我攻战，一面过江，使我两个遮挡不住。如今我二人分开军政，将军可同孩儿等专领游兵，分调各营，四面截杀；妾身管领中军水营，安排守御，以防冲突。任他来攻，只用火炮弩箭守住，不与他交战，他见我不动，必然渡江。可命中军大桅上，立起楼橹，妾身亲自在上击鼓，中间竖一大白旗。将军只看白旗为号，鼓起则进，鼓住则守。金兵往南，白旗指南；金兵往北，白旗指北。元帅与两个孩儿协同副将，领兵八千，分为八队，俱听桅顶上鼓声，再看号旗截杀。务叫他片甲不回，再不敢妄想中原便了。"韩元帅听了大喜道："夫人真乃神机妙算，赛过古之孙、吴也！"梁夫人道："既各分任，就叫军政司立了军令状。倘中军有失，妾身之罪；游兵有失，将军不得辞其责！"

夫妇二人商议停当,各自准备。夫人即便软扎披挂,布置守中军的兵将。把号旗用了游索,将大铁环系住。四面游船八队,再分为八八六十四队,上有队长。但看中军旗号,看金兵哪里渡江,就将号旗往哪里扯起。那些游兵,摇橹的、荡桨的,飞也似去了。布置停当,然后在中军大桅顶上,扯起一小小鼓楼,遮了箭眼。到了定更时分,梁夫人令一名家将,管着扯号旗。自己踏着云梯,把纤腰一扭,莲步轻移,早已到桅杆绝顶——离水面有二十多丈。看着金营人马,如蝼蚁相像,那营里动静,一目了然。江南数十里地面,被梁夫人看作掌中地理图一般。那韩元帅同二位公子,自去安排截杀。

　　再说那日兀术在金山上,险些遭擒,走回营中,喘息不定。坐了半日,对军师道:“南军虚实不曾探得,反折了黄柄奴,如今怎生得渡江回去?”军师道:“我军中粮少,难以久持。今晚可出其不意,连夜过江。若待我军粮尽,如何抵敌!”兀术听得,遂传令大元帅粘没喝领兵三万,战船五百号,先挡住他焦山大营。却调小船由南岸一带过去,争这龙潭、仪征的旱路。约定:三更造饭,四更拔营,五更过江,使他首尾不能相顾。众番兵番将,哪个不想过江。得了此令,一个个磨刀拈箭,勇气十倍。那兀术到了三更吃了烧羊烧酒,众军饱餐了。也不鸣金吹角,只以胡哨为号。三万番兵驾着五百号战船,往焦山大营进发。正值南风,开帆如箭。

这里金山下宋兵哨船探知，报入中军。梁夫人早已准备火炮弓弩，远者炮打，近的箭射。俱要哑箭，不许呐喊。那粘没喝战船将过焦山，遂一齐呐喊。宋营中全无动静。兀术在后边船上，正在惊疑，忽听一声炮响，箭如雨发，又有轰天大炮打来，把兀术的兵船打得七零八落。慌忙下令转船，从斜刺里往北而去，怎禁得梁夫人在高桅之上，看得分明，即将战鼓敲起，如雷鸣一般。号旗上挂起灯球，兀术向北，也向北，兀术向南，也向南。韩元帅与二位公子率领游兵照着号旗截杀，两军相拒。看看天色已明，韩尚德从东杀上，韩彦直从西杀来。三面夹攻，兀术哪里招架得住。可怜那些番兵，溺死的、杀伤的，不计其数。这一阵杀得兀术上天无路，入地无门，只得败回黄天荡去了。那梁夫人在荡顶上，看见兀术败进黄天荡去，把那战鼓敲得不绝声响。至今宋史上，一笔写着"韩世忠大败兀术于金山，妻梁氏自击桴鼓。"

原来这黄天荡是江里的一条水港。兀术不知水路，一时杀败了，遂将船收入港中，实指望可以拢岸，好上旱路逃生。哪里晓得这是一条死水，无路可过。韩元帅见兀术败进黄天荡去，不胜之喜。举手对天道："兀术合该数尽！只消把江口阻住，此贼安得出去？不消数日，粮尽饿死，从此可以高枕无忧了。"即忙传令，命二公子同众将守住黄天荡口。

韩元帅回寨，梁夫人接着，诸将俱来献功。苏德生擒个兀术女婿龙虎大王，霍武斩得番将何黑闼首级。其余有夺得船只军器者，擒得番兵番卒者……皆不计其数。元帅命军政司一一记录功劳。命后营取出黄柄奴和龙虎大王一同斩首，并何黑闼首级，一齐号令在桅杆上。是时正值八月中旬，月明如昼，元帅见那些大小战船，排作长蛇阵形，有十里远近。烛球火光，照耀如同白日，军中欢声如雷。

韩元帅因得了大胜，心内十分欢喜，又感梁夫人登桅击鼓一段义气，忽然要与梁夫人夜游金山看月，登塔顶上去望金营气色。即时传令，安排两席酒肴，与夫人夜上金山赏月，又将羊酒颁赐二位公子与各营将官，轮番巡守江口。自己却坐了一只大船，随了数只兵船。梁夫人换了一身艳服，陪着韩元帅锦衣玉带，趁着月色，来到金山。

二人徐徐步上山来，早有山僧迎接。进了方丈，待茶已毕。韩元帅吩咐将酒席移在妙高台上，同夫人上台赏月。

二人对坐饮酒。韩元帅在月下一望，金营灯火全无，宋营船上灯球密布，甚是欢喜。那梁夫人反不甚开怀，颦眉长叹道："将军不可因一时小胜，忘了大敌！我想兀术智勇兼全，今若不能擒获，他日必为后患。万一再被他逃去，必来复仇，那时南北相争，将军不仅无功，却是纵敌。岂可游玩快乐，灰了军心。"韩元帅闻言，愈加敬服道："夫人所见，可谓万全。但兀术已入死地，再无生理。数日粮尽，自当活捉，以报徽钦二帝之仇。"言毕举起大杯，连饮数杯。到了五更时分，方传令同夫人下山回营。

却说兀术大败之后，剩不到二万人马，四百来号战船。败入黄天荡，不知路径，差人探听路途。拿得两只渔船来，兀术好言对渔户道："我乃金邦四太子便是，因兵败至此，不知出路，烦你指引，重重谢你！"那渔翁道："我们世居这里的，叫作黄天荡，河面虽大，却是一条死路。只有一条进路，并无第二条出路。"兀术闻言，方知错走了死路，心中惊慌。赏了渔人，与军师、众王子元帅平章等商议道："今韩南蛮守住江面，又无别路出去，如何是好？"哈迷蚩道："如今事在危急，狼主且写信一封，许他礼物与他讲和。看那韩南蛮肯与不肯，再作商议。"兀术依言，即忙写信一封，差小番送往韩元帅寨中。有旗牌官报知元帅，元帅传令唤进来。小番进帐跪下叩头，呈上书信。左右接来，送到元帅案前。元帅拆信观看，上边写道："情愿求和，永不侵犯。进贡名马三百匹，买条路回去。"元帅看罢，哈哈大笑道："兀术把本帅当作何等人看待！"写了回书，命将小番割去耳鼻放回。小番负痛回船，报知兀术。兀术与军师商议，无计可施。只得下令拼死杀出，以图侥幸。次日，众番兵呐喊摇旗，驾船杀奔江口而来。

那韩元帅将小番割去耳鼻放回，料得兀术必来夺路。早已下令，命诸将用心把守。倘番兵出来，不许交战，只用大炮硬弩打去。他不能近，自然退去。众将领令。那兀术带领众将杀奔出来，只见守得铁桶一般，火炮弩箭齐来，料不能冲出。遂传令停了船，遣一番官上前说道："四太子请韩元帅打话。"军士报知寨中。韩元帅传令，把船只分作左右两营，将中军大营船放开，船头上弩弓炮箭排列数层，以防暗算。韩元帅坐中间，左边立着大公子韩尚德，右边立着二公子韩彦直，两边排列着长枪利斧的甲士，十分雄壮。兀术也分开战船，独坐一只大楼船，左右也是番兵番将，离韩元帅的船约有二百步。两下俱各抛住船脚。兀术在船头上，脱帽跪下，使人传话，告道："中国与金国本是一家，皇上金主犹如兄弟。江南贼寇发生，我故起兵而来，欲讨凶徒，不意有犯虎威！今对天盟誓，从今和好，永无侵犯，乞放回国！"韩元帅便使传事官回道："你国久已背盟，掳我二帝，占我疆土。除非送还我二帝，退回我汴京，方可讲和。否则，请决一战！"说罢，就传令转船。

　　兀术见韩元帅不肯讲和,又不能冲出江口,只得退回黄天荡。心中忧闷,对军师道:"我师屡败,人人恐惧。今内无粮草,外无救兵,岂不死于此地!"军师道:"事已急矣,不如张挂榜文,若有能解得此危者,赏以千金。或有能人,亦未可定。"兀术依言,命写榜文召募。不一日,有小番来报:"有一秀才求见,说道有计出得此围。"兀术忙教请进来相见。那秀才进帐来,兀术出座迎接,让他上座。便道:"某家被南蛮困住在此,无路可出,又无粮草。望先生救我!"那秀才道:"行兵打仗,小生不能。若要出此黄天荡,有何难处!"兀术大喜。那秀才道:"此地往北十余里,就是老鹳河,旧有河道可通,现在淤塞已久。何不令军士掘开泥沙,引秦淮水通河?可直达建康大道!"兀术闻言大喜,命左右将金帛送与

秀才。秀才不受，也不肯说出姓名，飘然自去。当下兀术传下号令，掘土引水。这二三万番兵，俱想逃命，一齐动手。只一夜工夫，掘开三十里，通到老鹳河中，把战船抛了，大队人马上岸，往建康而去。

这里韩元帅水兵，在江口守到十来日，见金兵不动不变，烟火俱无。往前探听，才晓得漏网脱逃，慌忙报知韩元帅。韩元帅暴跳如雷道："罢了！罢了！"便传令大军一齐起行，往汉阳江口驻扎。上表自劾待罪。

再说兀术由建康一路逃至天长关，哈哈大笑道："岳南蛮、韩南蛮，用兵也只如此！若于此地伏下一支人马，我虽插翅也难过去！"话还未毕，只听得一声炮响，三千人马一字儿排开。马上簇拥出一员小将：头戴束发紫金冠，身穿可体烂银铠，坐下赤兔宝驹，手提两柄银锤。大喝一声："小将军在此，已等候多时！快快下马受缚！"兀术道："小蛮子，自古赶人不要赶上。我就与你决一死战罢。"举起金雀斧劈面砍来。岳云把锤往上一架，铛的一声，那兀术招架不住，早被岳公子拦腰一把擒过马来。那些番兵亡命冲出关去。可怜兀术几十万人马进中原，此时只剩得三百六十骑逃回本国。

且说岳元帅那日升帐，探子来报："兀术在长江内被韩元帅杀得大败，逃入黄天荡，通了老鹳河，逃往建康。韩元帅回兵驻扎汉阳江口了。"岳元帅把脚一蹬道："兀术逃去，正是可惜！"言未已，又有探子来报："公子擒了兀术回兵。"岳元帅大喜。不一会,只见岳云进营禀道:"孩儿奉令把守天长关,果然兀术败兵至此,被孩儿生擒来见爹爹缴令。"岳爷喝一声:"推进来!"两边答应一声"嘎",早把兀术推至帐前。那兀术立而不跪。岳爷往下一看,原来不是兀术,大喝一声:"你是何人?敢假充兀术来替死吗?"那个假兀术道:"俺乃四太子帐下小元帅高太保是也。受狼主厚恩,无以报答,故此今日舍身代狼主之难。要砍便砍,不必多言。"岳爷传令:"绑去砍了!"两边一声答应,登时献上首级。岳爷对公子道:"你在牛头山多时,岂不认得兀术?怎么反擒了他的副将,被他逃去?"岳云只得默然而退。

岳元帅大破五方阵

南宋绍兴时候，湖广洞庭湖水盗杨幺，自称通圣大王，聚众抢夺州府，杀死官吏，声势十分猖獗。宋高宗遂命岳飞前往征剿。岳飞受命以后，便率领兵马，到了潭州，扎下营寨。次日，岳元帅升帐，诸将参见已毕，便传总兵张明进见，说道："本帅奉命征剿水寇，不知那水寇共有多少人马，手下有多少战将？"张明道："目下情形，比前大不同了。这杨幺在湖中君山上起造宫殿，僭自称王。他有个亲弟，名叫小霸王杨凡，有万夫不当之勇。有军师屈元公，太尉花普方，水军元帅高老虎与兄弟高老龙。更有东耳木寨东圣侯王佐，西耳木寨西圣侯严奇。战将严成方、崔安、崔庆、周伦、金飞虎、罗延庆，御弟杨欣，驸马伍尚志等数十员，喽啰数十万，大小船只不计其数。"岳元帅闻知详细，即命诸将分路出征。那杨幺听得岳元帅前来征讨，便也分路发兵抵御，交战多次，互有胜负。

一日，岳元帅升帐，有军士来报："启上大老爷，今有韩世忠元帅带领水军十万前来助战，大小

岳飞

战船已在水口扎成水寨,特来报知。"岳元帅大喜,即忙带了张保,前往水寨拜候,军士报进水寨,韩元帅出寨门迎接。二人到了寨里,谈了一回,遂决定水陆同剿,两路并进。杨幺抵敌不过,乃与军师屈元公计议,摆下"五方阵",以御岳元帅兵马。

这时,王佐和严奇、严成方,觉得杨幺终难成就大事,便暗暗投降岳元帅,却仍在杨幺寨里约为内应。还有几员战将,亦想投顺。

一日,岳元帅正在帐中商议破阵,忽见小校来报:"有贼将罗延庆在城外讨战。"杨再兴便上前来禀道:"罗延庆同小将昔日是相好,待我去说他来归降。"岳爷就令再兴出马。再兴领令上马,提枪领兵出城,到阵前大叫一声:"杨再兴在此,谁人敢来会我!"忽听对阵只一声炮响,门旗开处,一将出马,见是杨再兴,便把眼色一丢,说道:"来将休得逞能,俺罗延庆来也!"摆动鏨金枪当胸就刺,杨再兴举滚银枪劈面相交。

　　两个在战场之上,假战了十余合,杨再兴卖个破绽,回马败下,落荒而走。延庆拍马赶来。有四五里远近,退一茂林之间,再兴看四下无人,便回马叫声:"兄弟,久不相见!却原来在这里!为兄已归顺了岳元帅,圣上亲封为御前都统制。与岳元帅结为兄弟,蒙他十分优待。兄弟何不弃邪归正,投顺宋朝?日后立功,不失封侯之位!"罗延庆道:"兄

长之言,敢不如命？小弟情愿做个内应,待交兵之日,小弟立功,以作进见之礼便了。"再兴大喜道:"既如此,愚兄仍旧败回,好掩人耳目。"说罢,便转马奔回。延庆在后追至战场上,又假战了四五合。再兴假败,逃回城中。延庆也鸣金收军回营。

再兴进城,见了岳元帅,将罗延庆归降内助之事,细细禀明。岳元帅大喜,记了功劳簿。

且说杨幺一日升殿,问屈元公道:"五方阵有否摆好？"屈元公道:"阵势已经摆好,大王可传旨,命王佐前去诱敌,待岳飞兵来，就命王佐截他的归路。再命崔庆、崔安居左，罗延庆、严成方在右，三大王杨凡统领中军，四面夹攻。先命花普方驾着战船去与韩世忠交战，以防来救应。任那岳飞通天本事，亦必就擒。"杨幺听了这番言语，大喜，即命军师照计而行便了。屈元公领旨，自去准备。旁边闪出杨钦上前奏道："军师妙计虽好，但是岳飞手下将士，俱是智勇兼全之辈，亦未可轻忽！臣愿孤身入虎穴，到潭州城去与岳飞讲和。若肯两下罢兵息战，不独安然无事，又省了无数粮草。"杨幺道："御弟前去讲和甚妙。若肯退兵，情愿送他些金帛，免得厮杀。"杨钦正要领旨出班，只见伍尚志闪出奏道："单丝不成线，臣愿与王叔同往宋营讲和。"杨幺道："驸马同去，孤家更是放心。"杨钦心中想道："我有心事，特谋此差，不道驸马也要同去，如何是好？"无可奈何，只得和驸马一同出朝。来到水口，下了小船，开到对岸。

二人上马，来至城下，对城上军士说道："相烦通报元帅，说杨钦、伍尚志特来求见元帅。"军士连忙报进帅府。岳爷传令，请进帅府相见。军士得令，出来开了城门，放他二人进城。来到帅府，进内见了元帅，口称："小将杨钦同伍尚志奉主公之命，特来与元帅讲和。若肯罢兵息战，情愿备办粮草犒军等物，每年进贡，免得人民涂炭。未知元帅允否？"岳爷大怒喝道："那杨幺早晚就擒，洞庭灭在旦夕，何得多言？"叫左右："将二人拿下，两处拘禁。待我捉了杨幺，一同斩首。"左右一齐答应,将二人各房拘禁,元帅暗暗叫军士将酒饭传送。

到得初更时分,叫张保悄悄去请了杨钦到后营,重新见礼。元帅让他坐了客位,问道:"方才冒犯! 在诸将前,不得不如此,幸勿见怪! 不知将军来此有何计较?"杨钦道:"今届元公调集兵马,摆一'五方阵',前后左右俱有埋伏。特此来报知元帅,以便准备破敌之计。但恐元帅大兵到时玉石不分,要求元帅保全家口,感德无涯!"元帅道:"既承将军美意,决不相犯。"即命家丁取过小旗一面,递与杨钦:"倘大兵到日,将此旗插于门上,诸军便不敢进门。"杨钦接了旗收好,谢了元帅。元帅仍命张保送回房中安歇。

又叫王横:"你去好好地请那伍尚志来。"王横领令出去。不一时,尚志已到,见了岳元帅急忙跪下。岳元帅用手扶起请坐,便道:"将军大才,实为可敬。但所事非人,实为可惜! 不知将军今日来此,有何主见?"伍尚志道:"小将此来,只望元帅收于麾下,愿为内应。"岳元帅听了大喜,当下吩咐家将:"去请杨老爷来。"伍尚志吃惊道:"小将在此,不便相见。"岳爷道:"不妨,他也有事到此。"不一会,杨钦走进来,见了伍尚志,甚是慌张。元帅笑把归顺之事,说了一遍。二人大笑起来。当夜重整酒席,饮了一番,遂一处安歇。

次日,送至水口,下船回寨。见了杨幺,一同奏道:"岳飞有允从之意,奈众将不肯,故留在营中,过了一夜。众将请命,要斩臣二人,又是岳飞道'二国相争,不斩来使',放臣二人回来缴令。"杨幺闻奏,心甚不悦,起身回宫。

再说岳元帅调齐人马,约定韩元帅水陆会剿。分拨杨虎、阮良、耿明初、耿明达、牛皋,共是五人,来助韩元帅,由水路进发。自己带领大兵,出了潭州城,扎下大营。是日元帅升帐,聚集一班众将,参见已毕。元帅开言道:"今屈元公调齐人马,摆下五方阵,按金木水火土各路埋伏,前后左右俱有救应。各宜努力向前!擒拿杨幺,在此一举!违令怠玩者,必按军法!"众将齐声道:"愿听指挥。"元帅即命余化龙听令,余化龙答应上前。元帅道:"与你红旗一面,率领周青、赵云带领三千人马,从正西杀入阵去,我自有接应。"余化龙得令去了。又点何元庆同吉青、施全领兵三千,黑旗黑甲,从正南上杀进。三将一声"晓得",领兵去了。又唤岳云:"你可同王贵、张显领兵三千,都是黄旗黄甲,从北方杀入接应。"岳云领令去了。又命张宪同郑怀、张奎领三千人马,白旗白甲,杀入正东阵内。张宪领令下去。元帅又命杨再兴带领青甲兵三千,左首张用,右首张立,一齐冲入中央,砍倒他的"帅"字旗。元帅自领大兵在后,接应五方兵将。

韩元帅那里已得了岳元帅会剿日期,即命杨虎、阮良、耿明初、耿明达各驾小船,往来截杀,牛皋在水面上救应。自己带领二位公子,并各副将,摆开大战船杀来。

那日杨幺闻报,说岳飞来破五方阵,韩世忠又在水路杀来，即忙命杨钦把守洞庭宫殿，伍尚志保住家眷，自与太尉花普方等驾着大小战船，向前去迎敌韩世忠。

先说那岳营众将，依次冲入。五方阵内，虽有严成方、罗延庆，却都已怀归顺之心，自然不肯出力。只有小霸王杨凡这杆枪十分厉害，在阵内抵挡各路兵将。那王佐来见了岳元帅，献了东耳木寨。岳爷命王佐收拾寨中之物，速进潭州，不可迟延。王佐领命而去。不一会，又见伍尚志差心腹家将驾船来到岸边，请元帅上山。元帅令三军上了战船，带领张保、王横下船，直至杨幺水寨，逢人便杀，遇将便砍，四面放起火来。众喽啰飞奔逃命。岳爷杀上山来，早有杨钦接着引导，将杨幺合门诛戮。伍尚志领了公主下山，放起一把火，将大小宫殿营寨，烧个干净。

早有小喽啰逃得命的，飞报与杨幺，说道："大王不好了！附马伍尚志与御弟杨钦献了水寨，放火烧了宫殿。大王眷属都被岳飞杀尽了！"杨幺听了，大叫一声道："罢了！罢了！这二贼如此丧心，将我满门杀绝，此恨怎消！拿住二贼，碎尸万段，方泄我恨！传令众将，快奋力杀上去，擒了韩世忠，再作道理。"众将得令，正把战船驶上。只见牛皋在水面上走来，见了花普方叫声："贤弟！此时不降，等待何时？"花普方叫声："哥哥！小弟来也。"将船一摆，跟着牛皋归往宋营去了。

杨幺见花普方归宋，心中又慌又恼，只得勉强上前，与韩元帅战船打仗。

再说那岳元帅烧了洞庭宫殿，下船来，依旧上岸屯住。早有牛皋带领花普方来投降，岳爷大喜，用好言抚慰。忽然又有探子来报道："启上元帅，今有金邦四太子兀术调领六国三川人马，共有二百余万，来犯中原，将近朱仙镇了！请令定夺。"

岳元帅听了此报，吃了一惊，吩咐探子，再去打听。这个方去，那个又来，一连七八报。元帅好不着急！想："那杨幺未擒，金人又到，奈何奈何！"慌忙传令军政司："点齐七队人马，每队五千，候本帅发令。"军政司连忙点齐，专等元帅调用。岳爷又发文书，差官命各路总兵节度，在朱仙镇取齐，星夜投递去了。

且说五方阵内，余化龙率领周青、赵云杀入正西阵内，正遇着崔庆。大战了数十回合，被余化龙拦开刀，一枪刺于马下。那何元庆同着吉青、施全领兵从正南杀来，早有崔安接住厮杀。不上五六合，崔安正待逃走，被何元庆一锤打得脑浆迸出，死于马下。岳云、王贵、张显三个，从北方杀入阵中。贼将金飞虎使两条狼牙棒上前迎敌，被岳云枭开棒，只一锤打作两截。再杀过去，恰遇着余化龙、何元庆两边杀来。三支兵合作一处，恶龙搅海一般，哪里挡得住！其时东边阵上，喊杀连天，乃是张宪同着郑怀、张奎领兵杀来。正遇周伦舞动双鞭来敌张宪，未及交锋，被郑怀一棍打死。恰

好杨再兴从中杀进阵来,遇三大王杨凡。两个大战,正是棋逢敌手,将遇良材。正在难解难分,严成方见杨再兴战不下杨凡,便把双锤一摆,大叫一声:"严成方来助战了!"一马跑上前来。杨凡只道他来帮助,哪里防他马到锤落,把杨凡打落马下,再兴取了首级。罗延庆见了,把枪一摆,连挑几员偏将。大叫道:"俺罗爷已归顺岳元帅了。你等愿降者,多随我来投顺,免受诛戮!"那阵内人马,见主将已降,俱各四散逃生。

早有军士飞报屈元公道:"王佐、罗延庆俱投降了宋朝,严成方把三大王打死,也归宋朝去了。阵势已破,三军尽逃散了。"屈元公正在惊慌,又有探子来报道:"伍尚志与杨钦献了水寨,放火烧毁了宫殿。大王一门家眷,尽被宋兵杀尽了。"话犹未了,又有探子来报:"牛皋招降了花普方。大王现被韩世忠围困,十分危急,候军师速去救驾!"屈元公一连听了几报，弄得手足无措，仰天大叫道："铁桶般的山河，一旦丧于诸人之手，岂不可恨！"遂拔剑自刎而死。

岳元帅正在调拨人马，早有探子来报："韩元帅大破了杨幺，杨幺弃船下水。杨虎、阮良等一齐下水追拿去了。"岳元帅吩咐再去打听。

不多一会，早有杨再兴进营缴令。岳爷道："贤弟来得正好，方才得报，说金兵二百万，又犯中原，将近朱仙镇。贤弟可领兵五千为第一队先行，速速去救朱仙镇。小心前去！"杨再兴领令出营，带兵五千，星夜前往。

随后岳云进营说："孩儿领令，杀入五方阵内，将杨幺人马尽皆杀伤。特来缴令。"岳爷道："我儿！今有兀术带领二百万人马，来犯中原。你可领兵五千，速往朱仙镇救应。"岳云一声"得令！"，出营领兵，飞奔去了。

又有何元庆同严成方进营缴令。元帅令成方为第三

队,接应岳云。成方听说岳云在前,领兵星夜而去。元帅又令何元庆为第四队先行。元庆得令,出营带领五千儿郎,前往朱仙镇来。

落后余化龙进营缴令,元帅亦令领兵五千为第五队,速奔朱仙镇去。

再说罗延庆进帐见了岳元帅跪下禀道:"末将归降来迟,望元帅恕罪收录!"岳爷连忙扶起,说道:"今将军改邪归正,正欲叙谈衷曲。不意金邦兀术带领番兵二百万,复进中原,已近朱仙镇,十分危急!我已命杨再兴、岳云、严成方、何元庆、余化龙各领五千人马,作五队,前去救应朱仙镇了。今将军可为第六队先行,带领人马五千前去。有功之日,待本帅奏闻,封职不小!"罗延庆道:"蒙帅爷如此垂爱,何惜残躯?誓必杀尽金兵,以报帅爷知遇之德!"遂辞了元帅,出营领兵去了。

又一会,伍尚志进营缴令,元帅道:"来得正好。今因金兵犯界,你可领兵五千,火速为第七队救应,不可有误!"伍尚志辞了元帅,即引兵出征。

且说杨虎与耿氏兄弟一齐下水追捉杨幺。杨幺无处躲避,往水面上透出来,想要上岸逃走。不道牛皋忽见水面上探出人头来,认得是杨幺,便道:"好人呀!拿了这头来罢!"手起一锏,把杨幺打翻。阮良等一齐上前捉住了,解上韩元帅大船上来报功。韩元帅即命绑过岳元帅营中来。岳爷道："叛逆大罪,理应解赴临安处斩。但我要速往朱仙镇去,恐途中有变。"吩咐绑去砍了,将首级差官送上临安奏捷。又令牛皋往各路催粮,到朱仙镇来接应。牛皋领令去了。

这时岳元帅与韩元帅共有三十万大兵。二位元帅放炮拔寨,统领全师,便往朱仙镇而去。

王佐断臂

话说，金兀术率领二百万大兵又犯中原，兵驻朱仙镇，被岳云、严成方大杀一阵。兀术好生烦闷，忽小番进帐报道："殿下到了。"兀术传令宣进，陆文龙进营参见。

那陆文龙，生得身长九尺，面阔五停；头大腰圆，目秀眉清；弓马俱娴熟，双枪本事能；南朝少此英雄将，北国称为第一人！

这陆文龙进帐参见毕，兀术道："王儿因何来迟？"文龙道："臣儿因贪看中原景致，故而来迟。父王领大兵进中原日久，为何不发兵马到临安，去捉南蛮皇帝。反下营在此？"兀术就把岳云、严成方等大战，又因前面有十三座南蛮营寨，所以不能前进说

知。文龙道："今日天色尚早，待臣儿领兵前去，捉拿几个南朝蛮子，与父王解闷！"兀术道："王儿要去，必须小心！"文龙领令出来，带领番兵，直到宋营来讨战。

当有小军报入大营："启上元帅，今有番邦一员小将，在外讨战。"元帅便

问两边众将："哪一位敢出马？"话音未绝,旁边闪过呼天庆、呼天保两员将官,上前打恭道："小将情愿出阵,擒此番奴来献。"元帅吩咐小心前去。

二人得令出营,上马带领兵卒来至营前。两军相对,各列阵势。呼天保一马当先,观看这员营将,年纪只有十六七岁,白面红唇;头戴一顶二龙戏珠紫金冠,两根雉尾斜飘;穿一件大红团龙战袄,外罩着一副锁子黄金玲珑铠甲;左肋下悬一口宝刀,右肋边挂一张雕弓;坐下一匹红纱马,使着两杆六沉枪;威风凛凛,雄气赳赳。呼天保暗暗喝彩："好一员小将!"便高声问道："番将快通名来!"文龙道："某家乃大金国昌平王殿下陆文龙便是。你是何人?"呼天保道："我乃岳元帅麾下大将呼天保是也。看你小小年纪,何苦来受死!倒不如快快回去,另叫一个有些年纪的来,省得说我来欺你小孩子家。"陆文龙哈哈大笑道："我闻说你家岳蛮子有些本事,故来擒他,量你这些小卒,何足道哉!"呼天保大怒,拍马抢刀,直取陆文龙。陆文龙将左手的枪钩开了大刀,右手那支枪,豁的一声,向呼天保前心刺来,要招架也来不及,正中心窝,跌下马来,死于非命。呼天庆大吼一声："好番奴! 怎敢伤吾兄长! 我来也!"拍马上前,举刀便砍。陆文龙双枪齐举。两个交战,不上十个回合,又一枪把呼天庆挑下马来,再一枪结果了性命。

陆文龙高声大叫："宋营中着几个有本事的人出来会

战！休使这等无名小卒，白白来送死！"那败军慌慌忙忙报知元帅。元帅听说是二将阵亡，止不住伤心下泪，便问："再有哪位将军出阵，擒捉番将？"只见下边走过岳云、张宪、严成方、何元庆四人一齐上前领令，情愿同去。

岳爷道："你等四人出阵，不可齐上。一人先与他交战，战了数合，再换一人上前。此名'车轮战法'。"

四将领令，上马出营，领兵来至阵前。岳云大叫道："哪一个是陆文龙？"陆文龙道："某家便是。你是何人？"岳云道："我乃大宋岳元帅大公子岳云便是。你这小番，休得夸能，快上来领锤罢！"陆文龙道："我在北国，也闻得有个岳云名字，但恐怕今日遇着了我，你的性命，就不能保了。照枪

罢!"唰的一枪刺来,岳云举锤架住。一场厮杀,有三十多
合。严成方叫声:"大哥且少歇!待愚弟来擒他。"拍马上
前,举锤便打。陆文龙双枪架住,喝声:"南蛮通个名来!"严
成方道:"我乃岳元帅麾下统制严成方是也。"陆文龙道:"照
枪罢!"两个亦战了三十多合。何元庆又上来接战三十余
合。张宪拍马摇枪,高叫:"陆文龙,来试试我张宪的枪法!
这一支的比你两支的如何?"唰唰唰一连几枪。陆文龙双枪
左舞右盘。这一个恰如腾蛟奔蟒,那一个好似吐雾吞云。

那金营中早有小番报知兀术。兀术道:"此名'车轮战
法',休要堕了岳南蛮之计。"忙传令鸣金收军。文龙听得鸣
金,便架住张宪的枪,喝声:"南蛮!我父鸣金收兵,今且饶
你,明日再来拿你罢。"擂着得胜鼓,竟自回营。

这里四将也只得回营,进帐来见元帅缴令。岳爷命将
呼氏兄弟尸首埋葬好了,摆下祭礼,祭奠一番。又传下号
令:各营整备挨弹擂木,小心防守,防陆文龙前来劫营。各
营将士,各个领令,小心整备。

到了次日,军士来报:"陆文龙又来讨战。"岳元帅仍命
岳云等四人出马。旁边闪过余化龙,禀道:"待小将出去压
阵,看看这小番怎样厉害。"元帅就命余化龙一同出去。

那五员虎将,出到营前,见了陆文龙,也不打话。岳云
上前,抢锤就打,文龙举枪相迎。锤来枪去,枪去锤来,战了
三十来合。严成方又来接战,小番又去报知兀术。兀术恐

怕陆文龙有失,亲自带领众元帅平章出营掠阵。看见陆文龙与那五员宋将,轮流交战,全无惧怯。直至天色将晚,宋营五将,见战不下陆文龙,呼喝一声,一齐上前。那边兀术率领众番将,也一齐出马,接着混战一阵。天已昏黑,两边各自鸣金收军。

五将进营缴令道:"番将厉害,战他不下。"元帅闷闷不乐,便吩咐:"且把'免战牌'挂起,待本帅寻思一计擒他便了。"诸将告退,各自归营安歇。唯有那岳元帅回到后营,双眉紧锁,心中愁闷。

且说王佐自在营中夜膳,一边吃酒,心中却想:"我自归宋以来,未有尺寸之功,怎么想一个计策出来以退强寇,博

王佐

一个名儿流传青史，方遂我的心怀。"独吃了一回，猛然想道："有了，我曾看过《吴越春秋》有个'要离断臂刺庆忌'一段故事。我何不也学他断了臂，潜进金营去！倘能近得兀术，拼了此身刺死他，岂不是一件大功劳？"主意已定，又将酒来连吃了十来大碗。叫军士收了酒席，卸了甲，腰间拔出剑来，唰的一声，将右臂砍下，咬着牙关，取药来敷了。那军士看见，惊倒在地，跪下道："老爷何故如此？"王佐道："我心中有冤苦之事，你等不知的。你等自在营中，好生看守，不许传与外人知道，且候我消息。"众军士答应，不敢作声。

王佐将断下的臂，扯下一副旧战袍包好，藏在袖中。独自一人出了篷帐，悄悄来至元帅后营，对守营家将道："王佐有机密军情，求见元帅。"家将见是王佐，就进来报知。其时岳元帅因心绪不宁，尚未安寝。听得王佐来见，不知何事，就命请进来相见。家将应声"晓得"，就出帐来请。

王佐进得帐来，连忙跪下。岳元帅看见王佐面黄如蜡，鲜血满身，失惊问道："贤弟为何这般光景？"王佐道："哥哥不必惊慌。小弟多蒙哥哥厚恩，无可报答。今见哥哥为着金兵久犯中原，日夜忧心。如今陆文龙又如此猖獗，故此小弟效当年吴国要离故事，已将右臂断下，送来见哥哥，要往番营行事，特来请令。"岳爷闻言下泪道："贤弟！为兄自有良策，可以破得金兵。贤弟何苦伤残此臂！速回本营，命医官调治。"王佐道："大哥何出此言？王佐臂已砍断，就留本

营,也是个废人,有何用处?若哥哥不容我去,愿自刎在哥哥面前,以表弟之心迹。"岳元帅听了,不觉大哭道:"贤弟既然决意如此,可以放心前去!一应家事,愚兄自当料理便了。"

当下王佐便辞了元帅,出了宋营,连夜往金营而来。

王佐到得金营,已是天明。站在营前,等了一会,小番出营,便向前说道:"相烦通报,说宋将王佐,有事来求见狼主。"小番转身进帐道:"禀上狼主,有宋将王佐在营门外求见。"兀术道:"某家从不曾听见宋营有什么王佐,到此何干?"传令:"且唤他进来。"

不多一时,小番领了王佐进帐来跪下。兀术见他面色焦黄,衣襟血染,便问:"你是何人?来见某家有何言语?"王佐道:"小臣乃湖广洞庭湖杨幺之臣,官封东圣侯。只因被岳飞杀败,以至国破家亡,小臣无奈,只得随顺宋营。如今狼主大兵到此,又有殿下英雄无敌,诸将寒心。岳飞无计可胜,挂了'免战牌'。昨夜集众将商议,小臣进言道:'今中原残破,二帝被拘。康王信任奸臣,忠良退位,天意可知。今金兵二百万,如同泰山压卵,谅难对敌,不如差人讲和,庶可保全。'不料岳飞不听好言,反说臣有二心,将臣断去一臂,着臣来降金邦报信。他说'即日要来擒捉狼主,杀到黄龙府,踏平金国。臣若不来时,即要再断一臂。'因此特来哀告狼主。"说罢,便放声大哭,袖子里取出这断臂来呈上兀术观看。兀术见了,好生不忍,连那些元帅众平章俱各惨然。兀术道:"岳南蛮好生无礼!就把他杀了何妨。砍了他的臂,弄得死不死、活不活,还要叫他来投降报信,无非叫某家知他的厉害。"

兀术就对王佐道:"我封你做个'苦人儿'之职。你为了我国断了此臂,受此痛苦,我养你一世快活罢!"叫平章:"传吾号令各营中,'苦人儿'到处居住,任他行走,违令者斩!"

这一个令传下来，王佐大喜，心下想道："不但无事，而且遂我心愿，这也是番奴死日近了。"王佐连忙谢了恩。

这里岳爷探听金营不见有王佐首级号令，心中甚是挂念，哪里放得下心。

再说这王佐每日穿营入寨，那些小番，俱要看他的断臂，所以倒还有要他去耍的。这日来到文龙的营前，小番道："'苦人儿'哪里来？"王佐道："我要看看殿下的营寨。"小番道："殿下已到大营去了。不在这里，你进去不妨。"王佐进营来到帐前闲看，只见一个老妇人坐着。王佐上前叫声："老奶奶，'苦人儿'来见礼。"那妇人道："将军少礼！"王佐听那妇人的口音，却是中国人，便道："老奶奶不像外国人！"那妇人听了此言，触动心事，不觉悲伤起来。便说："我是河间府人。"王佐道："既是中国人，几时投外邦的？"妇人道："我听得将军口音也是中原人。"王佐道："'苦人儿'是湖广人。"妇人道："俱是同乡，说与你知道，谅不妨事，只是不可泄漏！这殿下是吃我奶长大的。他三岁方离中原。原是潞安州陆登老爷的公子，被狼主抢到此间。所以老身在此番邦，一十三年了。"王佐听见此言，心中大喜。便说道："'苦人儿'去了，停一日再来看奶奶罢。"随即出营。

过了几日，王佐随了文龙马后回营。文龙回头看见了，便叫："'苦人儿'你进来，在这里吃饭。"王佐领令，随着进营。文龙道："你是中原人。那中原人有什么故事？讲两个与我听听。"王佐道:"有有有,讲个'越鸟归南'的故事与殿下听。当年吴越交兵,那越王将一个西施美女,进与吴王。这西施带一只鹦鹉,教得诗词歌赋,件件皆能,如人一般。原是要引诱那吴王贪淫好色,荒乱国政,以便取吴王之天下。那西施到了吴国,甚受宠爱。谁知那鹦鹉竟不肯说话。"陆文龙道:"这却是什么缘故?"王佐道:"后来吴王害了伍子胥,越王兴兵伐吴,无人抵敌,伯嚭逃遁,吴王身死。那西施仍旧回到越国,这鹦鹉依旧讲起话来。这叫作'越鸟归南'的故事。这是说那禽鸟,尚念本国家乡,岂有为了一个人,反不如鸟的意思。"文龙道:"不好。你再讲一个好的与我听。"王佐道:"再讲一个'骅骝向北'的故事罢。"陆文龙道:"什么叫作'骅骝向北?'"王佐道:"这个故事,却不远。就是这宋朝第二代君王——太祖高皇帝之弟太宗之子——真宗皇帝在位之时,朝中出了一个奸臣,叫作王钦若。其时那杨家将俱是一门忠义之人,故此王钦若每要害他,便哄骗真宗出猎打围,在驾前谎奏:'中国坐骑,俱是平常劣马,唯有萧邦天庆梁王坐的一匹宝驹,唤名为骅骝马,才是名马。只消主公传一道旨意下来,命杨元帅前去,要此宝马来乘坐。'"陆文龙道:"那杨元帅,怎么要得他来?"王佐道:"那杨元帅守在雍州关上,有一员勇将,名叫孟良,他是杀人放火为生的主儿,适杨元帅收服在麾下。那孟良能说六国三川的番话,就扮作外国人,径往萧邦。也亏他千方百计,把那匹马骗回本国。"陆文龙道:"这个人好本事!"王佐说:"那匹'骟骣马'送至京都,果然好马,只是一件:那马向北而嘶,一些草料也不肯吃,饿了七日,竟自死了。"陆文龙道:"好匹义马!"王佐道:"这就是'骅骝向北'的故事。"王佐说毕道:"'苦人儿'告辞了,另日再来看殿下。"陆文龙道:"闲着来讲讲。"王佐答应而去。

再说曹荣之子名叫曹宁,奉了老狼主之命,统领三军,来助四狼主。这日到了营中,参见毕,遂把奉老狼主之命,来此助战言语说了。兀术道:"一路辛苦,且归本营安息。"曹宁谢了恩,问道:"狼主开战如何?"兀术道:"不要说起。中原有了这岳南蛮,十分厉害,手下兵强将勇,难以取胜。"曹宁道:"待臣去会一会岳南蛮,看是如何。"兀术道:"将军既要出阵,某家专听捷音。"

当时曹宁辞了兀术,出营上马,领兵来到宋营讨战。

原来这曹宁乃是北国中的一员勇将,比陆文龙更狠。使一杆乌缨铁杆枪,有碗口粗细。这时领兵直至宋营前,吆喝道:"闻得你们岳家人马,如狼似虎,为什么挂出这个羞脸牌来? 有本事的,可出来会我曹将军。"

那小校忙进营中报道:"有一员小将,在营外讨战,口出大言,说要踹进营来了。"下边恼了徐庆、金彪,上前禀道:"小将到此,并未立得功劳,情愿出去擒拿番将献功。"岳爷即命去了"免战牌",就准二人出马。

二人领命，带领兵马，来到阵前。徐庆上前大喝一声：
"番将通名！"曹宁道："俺乃大金国四太子麾下大将曹宁是
也。你是何人？"徐庆道："俺乃岳元帅帐前都统制徐庆便
是，快来领我的宝刀！"不由分说，就是一刀砍去。曹宁跑马
上前，只一枪，徐庆翻身落马。金彪止不住心头火发，大骂：
"小番！焉敢伤我兄长！看刀罢！"摇动三尖刀劈面砍去。
曹宁见他来得凶，把枪架开刀，回马便走。金彪拍马赶来，
曹宁回马一枪，往金彪前心刺来。金彪躲闪不及，正中心
窝，跌下马来。曹宁把枪一招，番兵一齐上前，杀得宋兵大
败逃奔。曹宁取了徐庆、金彪两人的首级，回营报功去了。

宋兵背了没头的尸身回营，报与元帅。岳爷闻报，双眼
流泪，传令备棺成殓。当时恼了张宪，请令出战。元帅
应允。

张宪提枪上马，来至阵前讨战，坐名要曹宁出马。曹宁
得报，领兵来至阵前，问道："你是何人？"张宪道："我乃大元
帅岳爷帐下大将张宪便是。"曹宁道："你就是张宪，正要拿
你。"二人拍马大战，双枪并举，战了四十多合不分胜败。看
看红日西沉，方才战罢，各自收兵。

次日，曹宁带兵又到阵前喊战，元帅令严成方出去迎
敌。严成方领令来至阵前，曹宁叫道："来者何人？"严成方
道："我乃岳元帅麾下统制严成方是也。你这个小番，可就
是曹宁吗？"曹宁道："某家就是四狼主帐前大将军曹宁。既

闻我名,何不下马投降?"严成方道:"我正要拿你。"举锤便打。曹宁抢枪架住,大战四十余合,直至天晚,方各自收兵。

一连战了数日,元帅只得又把"免战牌"挂出。岳爷见番营又添一员勇将,越觉十分愁闷。

且说金营内王佐闻知此事,心下惊慌,来至陆文龙营前,进帐见了文龙。文龙道:"'苦人儿',今日再讲些什么故事?"王佐道:"今日有绝好的一段故事,须把这些小番都叫他们出去了,只好殿下一人听的。"文龙吩咐伺候的人尽皆出去。王佐见小番尽皆出去,便取出一幅画来呈上道:"殿下请先看了,然后再讲。"文龙接来一看,见是一幅画,那画上一人有些认得,好像父王。又见一座大堂上,死那一个将军,一个妇人,又有一个小孩子,在那妇人身边啼哭,又见画着许多番兵。陆文龙道:"'苦人儿',这是什么故事?我不明白,你来讲与我听。"王佐道:"殿下略略闪过一旁,待我指着画好讲。这个所在乃是中原潞安州。这个死的老爷,官居节度使,姓陆名登。这死的妇人,乃是谢氏夫人。这个公子,名叫陆文龙。"陆文龙道:"'苦人儿',怎么他也叫作陆文龙?"王佐道:"你且听着,被这昌平王兀术兵抢潞安州,这陆文龙的父亲尽忠,夫人尽节。兀术见公子陆文龙幼小,命乳母抱好,带往他邦,认为己子,今已十三年了。他不与父亲报仇,反认仇人为父,岂不痛心!"陆文龙道:"'苦人儿',你明明在说我。"王佐道:"不是你,倒是我不成?我断了臂膀,

皆是为你！若不肯信，可进去问奶妈便知道。"言未了，只见
那奶妈哭哭啼啼走将出来，道："我已听得多时，将军之言，
句句是真！老爷夫人死得好苦啊！"说罢，放声大哭起来。
陆文龙听了此言，泪盈盈地下拜道："不孝之子，怎知这般苦
事，今日才知，怎不与亲报仇！"便向王佐行礼道："恩公受我
一拜，此恩此德，没齿不忘！"拜罢起来，拔剑在手，咬牙恨
道："我去杀了仇人，取了首级，同归宋室便了。"王佐急忙拦
住道："公子不可造次！他帐下人多，大事不成，反受其害，
凡事要三思而行！"公子道："依恩公便怎么？"王佐道："待早
晚寻些功劳，归宋未迟。"公子道："领教！"那小番在外，只听

得啼哭,哪里晓得底细。

　　王佐问道:"那曹宁是甚出身?"文龙道:"他是曹荣之子,在外国长大的。"王佐道:"我看此人,倒也忠直气概。公子可请他来,待我将言探他。"公子依言,命人去请曹将军来。不多时,曹宁已至,下马进帐,见礼毕,坐下。只见王佐自外而入,公子道:"这是曹元帅,你可行礼。"王佐就与曹元帅见了礼。文龙道:"元帅,他会讲得好故事。"曹宁道:"可叫他讲一个与我听。"王佐便将那"越鸟归南""骅骝向北"的两个故事,说了一遍。曹宁道:"鸟兽尚知思乡念主,岂可为人反不如鸟兽?"文龙道:"将军可知道令祖哪里出身?"曹宁道:"殿下,曹宁年幼,实不知道。"文龙道:"是宋朝人也!"曹宁道:"殿下何以晓得?"文龙道:"你问'苦人儿'便知。"曹宁道:"'苦人儿',你可知道?"王佐道:"我晓得。令尊被山东刘豫骗来投降外国,却不想报君父之恩,反把祖宗抛弃,我故说这两个故事。"曹宁道:"'苦人儿',殿下在此,休得胡说!"陆文龙就将王佐断臂来寻访,又将自己之冤,一一说知。然后道:"将军陷身外国,岂不可惜? 故特请将军商议。"曹宁道:"有这等事么! 待我先去投顺宋营便了。但恐岳元帅不信,不肯收录。"王佐道:"待末将修书一封,与将军带去就是。"随即写书交与曹宁。曹宁接来收好,辞别回营。

　　那曹宁想了一夜,主意已定。到了次日清早,便起身披挂齐整,上马出了番营,直至宋营前下马道:"曹宁候见元帅。"军士报进，岳爷道："令他进来。"曹宁来到帐前跪下道：
"罪将特来归降！今有王将军的书送上。"元帅接书拆开观
看，心中明白，大喜道："我弟断臂降金，今立此奇功，亦不枉
他吃一番痛苦。"遂将书藏好，说道："曹将军不弃家乡，不负
祖宗，复归南国，可谓义勇之士！可敬！可敬！"吩咐旗牌：
"与曹将军换了衣甲！"曹宁叩谢。不表。

　　再说金营内四狼主次日见报，说曹宁投宋去了，心中正
在恼闷。忽见小番又报上帐来，说是曹荣解粮到了。兀术
道："传他进来。"不一会曹荣进帐，见了兀术禀道："粮草解
到，缴令。"兀术道："将他绑了。"两边答应一声，将曹荣绑
起。曹荣道："粮草非臣迟误。只因天雨，所以迟了两日，望
狼主开恩！"兀术道："胡说！你命儿子归宋，岂不是子父同
谋？还有何说！推去砍了！"曹荣道："容臣禀明，虽死无
怨。"兀术道："且讲上来！"曹荣禀道："臣实不知逆子归宋，
只求狼主宽恩，待臣前去，擒了这逆子来正罪，便了。"兀术
道："既如此，放了绑！"就命领兵速去擒来。曹荣领命出营，
上马提刀，派兵来到宋营。

　　曹荣对军士说道："快快报进营去，说我曹荣到此，只叫
曹宁出来见我。"军士进帐报知元帅。元帅发令着曹宁出
营，吩咐道："须要见机行事，劝你父亲早早归宋，定有恩
封。"曹宁得令，上马提枪，来到营前一看，果然是父亲。那
曹荣看见儿子改换衣装，大怒骂道："逆子！见了父亲，还不

下马？如此无礼！"曹宁道："爹爹,我如今是宋将了。非是孩儿无理。我劝爹爹何不改邪归正,复保宋室？祖宗子孙,皆有幸了。爹爹自去三思！"曹荣大叫道："逆子难道父母皆不顾惜,背主求荣？快随我去,听候狼主正罪。"曹宁道："你为何不学陆登、岳飞、韩世忠,偏偏投顺金邦？于心何忍！你不依,请自回去,不必多言！"曹荣大怒道："畜生！擅敢出言无状！"拍马舞刀,直取曹宁,往顶门上一刀砍来。那曹宁一时恼发,按捺不住,手摆长枪只一下,将父亲挑死,吩咐军士抬了尸首回营,进帐缴令。

元帅大惊道："你父既不肯归宋,你只应自回来就罢。哪有儿子杀父之理？本帅不敢相留,任从他往。"曹宁想道："元帅之言,甚是有理。"大叫一声："曹宁不能早遇元帅教训,以致不忠不孝,还有何颜见人！"遂拔出腰间佩刀,自刎而死。

元帅吩咐把曹宁首级割下,号令一日,然后收棺盛殓。曹荣卖国奸臣,斩下首级,解往临安。

且说兀术闻报曹荣被儿子杀死,道："曹宁归宋果然不与他父亲相干,但是这弑父逆贼,岳飞肯收留帐下,岂是明理之人？也算不得个名将！"正在议论,忽见小番来报道："不知何故,将曹宁首级号令在宋营前。"兀术拍手道："这才是个元帅,名不虚传！"对着平章道："宋朝有这等人,叫我怎么夺得中原？"正说间,又有小番来报道："本国元帅完木陀赤、完木陀泽带领'连环甲马'候令。"兀术大喜,传令请二位元帅进见。不一时,二位元帅进帐,参见已毕。兀术便道:"这'连环甲马',教练了数年功夫,今日方得成功!明日就烦二位出马,擒拿岳飞,在此一举。"二人领令出帐,左右安营。

到了次日,完木陀赤、完木陀泽二人,领兵来至宋营讨战。军士报进大营。岳元帅便问:"何人敢出马?"只见董先同着陶进、贾俊、王信、王义一同上来领令。元帅就分拨五千人马,命董先率领四将出战。

董先等五人得令,带领人马出营,来到阵前,大喝一声:"来将通名。"番将答道:"某乃大金国元帅,完木陀赤、完木陀泽是也。奉四狼主之命,前来擒捉岳飞。你是何人,可就是岳飞吗?"董先大怒道:"胡说!我元帅怎肯和你这样丑贼来交手。照我董爷爷的家伙罢!"铛的一铲打去。完木陀赤舞动铁杆枪,架开月牙铲,回手就刺。战不得五六个回合,打七八个照面。完木陀泽看见哥哥战不下董先,举起手中浑铁锏,飞马来助战。这里陶进等四人见了,各举大刀一齐上前。七个人跑开战马,犹如走马一般,团团厮杀。

两员番将哪敌得过五位将军,只得回马败走。完木陀赤且走且叫道:"宋将休得来赶,我有宝贝在此!"董先道:"随你什么宝贝,老爷们也不惧怕。"拍马赶来。

不料董先等赶至营前,一声号炮响,两员番将左右分开，中间番营里，拥出三千人马来。那马身上，都披着生驼皮甲，马头上，俱用铁钩铁连环锁着，每三十匹一排。马上军兵，俱穿着生牛皮衣，脸上亦将牛皮做成假脸带着，只露得两只眼睛。一排弓弩，一排长枪；兵士一百排，直冲出来。把这五位将官连那五千军士，一齐围住，枪挑箭射，只听得嗖嗖嗖，不上一个时辰，可怜董先等五人，并五千人马，尽丧于阵内。不过逃得几个微伤回去。

那败残军士回营，报与元帅道："董将军等全军尽殁于阵内了！"元帅大惊问道："董将军等怎样败死的？"军士就将"连环甲马"之事，细细禀明。岳元帅满眼垂泪道："早知是'连环甲马'，从前呼延灼曾用过，有徐宁传下'钩连枪'可破。可怜五位将军，白白的送了性命，岂不痛哉！"遂传令整备祭礼，遥望着番营哭奠了一番。回到帐中，就命孟邦杰、张宪各带兵三千，去练"钩连枪"。张立、张用各带兵三千，去练"藤牌"。四将领令，各去操练。

不数日，孟邦杰、张宪、张立、张用各将所练的枪牌已熟，前来缴令。元帅就命四将去破番阵，又叮咛了一回，四将领命而去。又令岳云、严成方、张显、何元庆，领带人马五千，外边接应。

且说那孟邦杰、张宪等四将到番营讨战。那二元帅提兵出营，看见四将喝道："南蛮通姓名！"张立道："我乃岳元帅麾下统制张立。他们是张宪、孟邦杰、张用是也。番将报名上来!"番将道:"某乃大金国四狼主帐下元帅完木陀赤、完木陀泽是也。"张立道:"不要走,我正要来拿你。"二人拍马抢枪,战了数合,番将诈败进营,那四将追来。只见那些小番吹动觱篥,打起驼皮鼓,一声炮响,三千"连环甲马"周围团团裹将来。张立看见,吩咐三军将"藤牌"四面周围遮住,就弓矢不能射,枪弩不能进。孟邦杰、张显带领人马,使开"钩连枪"一连钩倒数骑"连环甲马",其余皆不能行动,都自相践踏。又听得营中炮响,岳云、张显从左边杀入,何元庆、严成方从右边杀入,番将不能招架。这一阵,将"连环甲马"全数挑死,张立、岳云等得胜收兵回营,见元帅缴令。

那兀术正望着完木陀赤弟兄"连环甲马"成功,只见小番来报道:"岳飞差八个南蛮将'连环甲马'破了。"正说间,二人败回,来见狼主。兀术问道:"南蛮怎样破法?"二将将"藤牌""钩连枪"如此破法,说了一遍。兀术大哭道:"军师! 某家这马,练了数年功夫,不知死了多少马匹,才得成功! 今日被他一阵破了。"军师道:"狼主不必悲伤,只待那'铁浮陀'来时,何消一阵,自然南蛮尽数灭了。"兀术道:"我也只想待这件宝贝了。"

正说话间,忽见小番来报:"本国差兵解送'铁浮陀'在外候令。"兀术大喜,传令:"推过一边,待天晚时,推到宋营前打去。任你岳飞足智多谋,也难逃此难。"一面整备火药,一面暗点人马,专等黄昏施放。那陆文龙在旁听了,就回营对王佐道:"今日北国解到'铁浮陀',今晚要打宋营,十分厉害,却便怎处?"王佐道:"宋营如何晓得?须要暗送一信,方好整备!"陆文龙道:"也罢!待我射封箭书去报知岳元帅,明早即同将军归宋何如?"王佐大喜。看看天色将晚,陆文龙悄悄出营上马,将近宋营,高叫一声:"宋兵听着,我有机密箭书,速报元帅,休得迟误!"嗖的一箭射去,随即转马回营。

宋营军士拾得箭书,忙与传宣说知。传宣接了,即时进帐跪下禀道:"有一小番将,黑暗里射下这一支箭书,说有机密大事,求元帅速看。"元帅接了书,将手一挥。传宣退下。岳爷把箭上之书取下,拆开观看,吃了一惊。便暗传号令,先叫岳云、张宪吩咐道:"你二人带领人马如此如此。"二人

得令,领兵埋伏去了。又暗暗令兵士通知各营,将各营虚设旗帐,悬羊打鼓。各将本部人马,一齐退往凤凰山去躲避。

到了三更时候,金营中传出号令,将"铁浮陀"一齐推到宋营前,放出轰天大炮,向宋营中打来。但见烟火腾空,山摇地动:好似雷公排恶阵,分明霹雳震乾坤。

当时众将在凤凰山上看这般光景,好不怕人,便举手向天道:"若不是陆文龙一支箭书,岂不把宋营人马打成齑粉?也亏了王佐一条臂膀,救了十万人马的性命!"

那岳云、张宪领了人马埋伏在半路,听得大炮打过,等那金兵回营之后,在黑影里,身边取出铁钉,把火炮的火门钉死。令军士一齐动手,将"铁浮陀"尽行推入小商河内。转马来凤凰山缴令。岳爷仍命三军回转旧处,重新扎好营盘。

再说那兀术自在营中看那"铁浮陀"大炮打得宋营一片漆黑,回到帐中对军师道:"这回才得成功了!"众将齐到帐中贺喜。兀术传令摆起酒席,同众元帅等直饮到天明。只见小番进帐报道:"'苦人儿'同殿下带了奶母五鼓出营,投宋去了。"兀术听了,大叫道:"罢了!此乃养虎伤身也!"正在恼恨,又有小番来报:"启上狼主,宋营内依然如此,旗幡且分外鲜明、越发雄壮了。"兀术好生疑惑,忙出营前观看。果见依旧旗帜鲜明,枪刀密布,不知何故。传令速整"铁浮陀",今晚再打宋营。小番一看,"铁浮陀"不知哪里去了。

慌忙四下搜寻，却都在小商河内了，忙来禀知。直气得兀术暴跳如雷，众将上前劝解。

兀术回营坐定叹口气道："那岳南蛮真真厉害，能使将官舍身断臂，诈降我国。那曹宁必然也是他说去，害他父子身亡，如今又说陆文龙归宋。'铁浮陀'一旦成空，枉劳数年功夫，空费钱粮不少。情实可恨！如今怎么处？"哈迷蚩道："狼主不必心焦，且待我想个计策出来摆布他们……"

再说那晚"铁浮陀"打过宋营之后，将至天明，陆文龙同奶娘暗将金珠宝贝收拾停当，同王佐出营，径往宋营而来。岳爷已将营寨重复扎好。王佐到了营前，下马进见元帅，禀明前事。各位总兵统制，俱各致谢王佐活命之恩。岳元帅传令，请陆公子相见。陆文龙进帐参见道："小侄不孝，错认仇人为父！若非王恩公说明，怎得复续陆氏之脉！"元帅吩咐送公子后帐居住，拨二十名家将服侍。一面差人送奶娘回到陆公子的家乡居住。